# 10대라면 반드시 알아야 할
# 우리 고전 문학

10대라면
반드시
알아야 할

# 우리 고전문학

팬덤북스

어설픈 관심으로 문학을 공부했다. 교사 시절에는 수업이 곧 공부였다. 수업 준비를 하면서 공부한 내용을 점검하고 더 발전시킬 수 있었으니까. 남에게 뭔가를 가르치는 것이 자기 공부에 가장 좋은 방법이다. 교직을 떠나니 수업 기회가 사라졌다. 더불어 전공 공부 역시 게을러졌다. 나를 발전시키기 위해서라도 누군가를 가르치고 싶다는 아쉬움이 늘 있었다. 하지만 자발적으로 떠난 교직을 다시 회복할 방법은 없었고, 그와 함께 수업의 기회조차 영영 사라지고 말았다.

누군가에게 뭔가를 가르치면서 나도 발전할 수 있는 또 다른 방법은 책을 쓰는 것이다. 독자가 있든지 없든지 내가 공부한 내용을 책으로 엮어 누군가에게 유익한 일을 하고 싶었다. 그와 동시에 나 자신이 더 미련해지지 않도록 애쓰고도 싶었다.

고전 문학은 범위가 매우 넓어 어느 한 분야만 평생을 공부해도 완성하지 못할 것이다. 이제 공부를 시작하는 학생들에게 그런 방대한 분량을 모두 학습하라는 것은 무리한 요구일 것이다. 물론 그것이 가능하지도 않다. 그래서 최소한의 부분만을 정리해보기로 했다. 여기에 쓴 내용은 내가 공부한 것이므로 학생들의 공부와는 다른 해석이나 설명이 있을 수 있다. 어느 것이 옳고 그른가를 따지는 것은 아니다. 누구나 어떤 내용이든 합리적 생각을 토대로 주장하고 발언할 수 있어야 한다. 이 글을 읽은 학생들이 학교에서 배운 내용에만 갇혀 있지 않고 더 다양한 사고방식을 갖게 되면 좋겠다. 교과서에만 국한되었던 공부에서 벗어나 하나의 문학작품을 통해 더 다채로운 생각을 펼칠 기회를 얻게 되면 좋겠다.

우리가 사는 사회는 다양성을 격려하고 창의성을 요구한다. 유일한 해석, 단편적이고 일방적인 시각에서는 다양성이나 창의성이 길러지기 어렵다. 우리는 한 편의 문학작품에서도 다양한 관점을 발견하고 해석하는 힘을 길러야 한다. 이것은 우리 사회를 건강하게 바라보는 힘을 길러줄 것이다. 남이 나와 다르다는 사실을 인정하고 그것을 이해하는 것은 오직 내가 힘써 얻을 수 있는 능력이다. 나와 다른 남을 이해하고 다른 사람의 다른 생각과 견해를 받아들이는 포용력은 이 시대에 필요한 역량이다. 다양성과 포용력과 이해력은 새롭고 창의적인 '나'를 기르는 원동력이다.

이 책에 나오는 다양한 생각들이 이 글을 읽는 학생들의 마음과 생각을 더 풍요롭게 해주기를 기대한다. 문학을 공부하는 것은 단순히 수능 시험 성적을 높이는 일에 국한된 것이 아니다. 우리 인식의 지평을 넓고 깊게 만드는 일이다. 이 첨단 과학 시대에 여전히 낡아만 보이는 고전 문학을 읽는 행위의 중요성을 자신의 창의성과 연관하여 잠시라도 생각해볼 기회가 된다면 더 좋겠다.

이 글을 읽는 모든 분에게 문학의 놀라운 효용성과 창의력이 항상 함께하시기를 빈다.

차례

## III. 과거와 현재의 연결 - 설화

## IV. 욕망 성취의 자리 - 고소설

# I. 문학을 보는 눈

## 신화

문학의 시작은 신화다. 신화는 인간과 세상의 시작에 관한 이야기다. 신화로부터 갖가지 장르의 문학이 파생한다. 신화를 꿰뚫는 사고의 틀을 명확하게 알고 있으면 어떤 장르의 문학이라도 쉽게 이해하고 파악할 수 있다.

신화는 크게 두 가지 구조를 가진 이야기다. 하나는 '입사식' 구조를 가진 이야기, 다른 하나는 '천지창조' 구조를 가진 이야기다. 각각의 의미를 먼저 알아보자.

'입사식'이란 '성인식'이라고도 하는 통과의례이다. 인간이 세상을 살면서 한 사회에서 다른 사회로 진입할 때 반드시 치르는 의식을 '통과의례'라고 한다. 입사식 또는 성인식이 대표적이다. 입사식은 크게 세 단계로 구분할 수 있다. '이전 사회로부터의 분리' 단계, '고립과 시련'의 단계, '새로운 사회로 재통합'하는 단계이다.

원시적인 문화를 간직하고 있는 부족들의 성인식을 살펴보자. 성인식을 치르는 대상자가 되면 어린아이의 환경에서 분리된다. 어머니 품에 안겨 있던 어린아이는 강제로 끌려가 외딴곳에 감금된다. 외딴곳에 고립된 특정 장소에서 일정한 과업을 받는다. 주어진 과제를 수행하고 성인식을 마치면 부족의 신화를 배운다. 비로소 성인이 되는 셈이다. 성인은 어머니의 둥지에서 독립하여 자신만의 집을 갖는다.

원시사회일수록 성인식의 과업은 고통이 따른다. 어머니의 품에 안겨 있던 어린아이를 강제로 끌어다가 이전 사회로부터의 분리 일정한 시설에 감금 고립 한다. 그 사회가 요구하는 과제 시련 를 준다. 대상자가 그 과제를 잘 수행하면 성인으로 대우 새로운 사회로 재통합 한다. 어느 지역에서는 벌집을 때려 말벌에 쏘이는 것으로 성인식을 치른다. 어느 지역에서는 높은 나무에서 다리에 줄을 달고 뛰어내리는 것으로 성인식을 치른다. 그것은 지금 번지점프라는 오락으로 남았다. 어떤 지역에서는 치아를 강제로 뽑거나 신체 일부를 훼손하거나 신체 특정 부위에 특정한 무늬나 색을 새기기도 한다.

예전 우리네 양반들은 '관례冠禮'와 '계례笄禮'를 통해 성인식을 치렀다. 남자아이는 아이의 옷을 벗은 후 성인의 옷을 입고 성인의 갓을 쓰고 '자字'라는 새로운 이름을 받았다. 여자아이는 성인의 옷을 입고 머리에 비녀를 꽂았다. 고립이나 고난이나 시련의 의미는 약해졌다. 그러나 어른의 옷을 입고 새 이름을 얻는다는 것은 어린아이의 시절은 죽고 어른으로 태어난다는 깊은 의미가 있다.

농민들이나 노비들은 '들돌'을 드는 것으로 성인식을 치렀다. 커다란 돌을 허리 높이로 들고 일정 거리를 이동할 수 있어야 어른 대접을 해주었다. 노비의 경우 이것은 품삯을 정하는 기준이 되기도 했다. 농사가 중요한 시대이니 노동력이 중요한 의미가 된 것이다.

한 나라의 지도자가 되기 위한 입사식도 있었다. 그 일련의 과정이 비유와 상징의 언어로 표현된 이야기가 신화다. 신화는 결국 영웅적인 주인공의 입사식 과정을 이야기하는 문학인 셈이다. 신화가 묘사하는 입사식 이야기는 서사문학의 모범이 된다. 그 모범은 다른 장르 문학에 다양한 형태로 전수된다. 이제부터 그 실제적인 예를 하나씩 살펴볼 것이다.

신화가 말하는 또 하나는 '천지창조' 이야기다. 흔히 '천지창조'라고 하면 하늘과 땅이 새롭게 만들어진 과정을 말하는 이야기라고 생각한다. 물론 그런 이야기도 있다. 하지만 천지창조 이야기에서 '하늘'과 '땅'이 문자 그대로의 하늘과 땅이 아니라면 어떨까? 하늘과 땅을 비유나 상징의 언어로 보면 전혀 다른 이야기가 나타난다.

하늘은 '신'을, 땅은 '지모신'을 상징하는 단어라고 본다. '신'이라고 하는 개념은 종교적 언어이므로 모든 세계를 포괄하는 절대적 힘, '세계의 질서'라고 말할 수도 있다. 신이란 결국 세계를 조성하는 온전한 질서이기 때문이다. '세계의 질서'는 그 질서를 받아들이는 '땅**지모신**'과 결합하여 새로운 세계를 창조한다. 하늘과 땅이 새롭게 태어나는 것이다. 새로운 질서와 새로운 땅의 결합으로 새로운 세계가 조성되는 과정을 그리는 것이 신화라고 하겠다.

그것을 새로운 세상의 시작이 아닌 새로운 인물의 탄생으로 묘사할 수도 있겠다. 대체로 같은 신화를 공유하는 집단의 지도자가 어떻게 그 자리에 오르게 되었는가를 설명하는 이야기이다. 이때 신화의 주인공은 하늘로 표현되는 '세계의 질서'와 땅으로 표현되는 '세계의 질서를 받아들이는 대지'의 결합을 통해 '새로운 존재'로 태어나는 인간으로 묘사된다.

신화가 '입사식'과 '천지창조'의 구조를 가진다는 의미는 신화의 주인공이 입사식을 통해 새로운 존재로 거듭나는 이야기라는 뜻이다. 입사식을 통해 주인공의 육체는 더 이상 이전의 육체가 아닌 신성한 육체가 된다. 왜냐하면 그 육체에 새로운 세상을 조성할 새로운 질서가 깃들기 때문이다. 마치 신내림을 받은 샤먼처럼. 주인공은 입사식을 통해 그 자신이 곧 세계의 질서와 결합한 새로운 대지가 되어 정신과 육체가 거듭나는 천지창조를 이루고 새로운 세계의 지도자로 등극하는 것이다.

이제 몇 가지 신화를 살펴보면서 정말 이런 구조가 반복적으로 나타나는지를 보자. 또 뒤이어 다른 장르 문학에서는 신화의 이런 구조가 어떤 식으로 변형되어 나타나고 있는지를 보자. 더불어 이런 이야기 구조를 만든 사람들은 대체 어떤 의도로 이런 것을 만들었을지 생각해 보자. 모두 어려운 이야기처럼 보이지만 이것은 결국 모두 재미있는 이야기일 뿐이다. 이야기의 세계에 조금만 더 깊이 들어가 보자.

**생각해볼 문제**

**1.** 내가 체험한 '입사식'의 사례를 이야기해보자. 졸업식이나 입학식 역시 이전 단계저학년에서 분리되고 새로운 단계고학년로 통합되기 위한 절차로 진행되는 예식이다. 졸업식이나 입학식을 입사식의 관점에서 다시 생각해보자.

**2.** '관례'를 통해 성인이 되던 우리 옛 풍습을 생각해보자. 성인식을 치르는 사람에게 '자字'라는 새 이름을 준다는 것은 새로운 존재로 다시 태어난다는 의미다. 어린 시절의 나는 죽고 어른의 나로 다시 태어나는 것이다. 지금 나는 내 이름에 담긴 의미의 삶을 살고 있는가?

# 곰이 낳은 사람 〈단군 신화〉

가장 널리 알려진 〈단군 신화〉의 내용은 일연이 쓴 《삼국유사》에 실려 있다. 《삼국유사》 〈기이〉 편에 나오는 단군에 관한 기록이다.

고기古記에 이르기를 옛날에 환인의 서자 환웅이 있었다. 그는 자주 천하에 뜻을 두고 인간 세상을 탐내어 구하였다. 아버지가 아들의 뜻을 알고 아래로 삼위태백을 내려다보니 널리 인간 세상을 이롭게 할 만하였다. 이에 천부인 세 개를 주어 보내어 다스리게 하였다.
환웅이 삼천의 무리를 거느리고 태백산 꼭대기 신단수 아래 내려와 '신시'라 하였다. 이분이 곧 환웅천왕이다. 풍백, 우사, 운사를 거느리고 곡식, 생명, 질병, 형벌, 선악 등 무릇 인간 세상 삼백 육십여 가지 일을 주관하며 세상에 있어 다스리고 교화하였다.
이때 곰 하나와 범 하나가 함께 굴에 살며 항상 신웅환웅에게 사람이 되기를 원한다고 빌었다. 이에 신 환웅 이 신령한 쑥 한 심지와 마늘 이십 묶음을 주며 이르기를 "너희들이 이것을 먹고 햇빛을 온 날 [백일] 동안 보지 않으면 사람의 형상을 얻을 것이다."라고 하였다. 기忌 한 지 삼칠일에 곰은 여자의 몸을 얻었으나 범은 기하지 못하였으므로 사람의 몸을 얻지 못하였다. 웅녀가 더불어 혼인할 상대가 없으므로 늘 단수 신단수 아래에서 잉태하기를 빌었다. 환웅이 이에 거짓으로 인간으로 화하여 혼인하고 아들을 낳으니 이름을 단군왕검이라 하였다. 번역 : 필자

여기서 〈고기〉가 구체적으로 어떤 책을 가리키는지, 단순히 '옛 기록'을 뜻하는지는 모른다. 중요한 것은 〈단군 신화〉가 일연 개인의 창작이 아니라는 사실이다. 이미 오래전부터 있었던 이야기라는 뜻이다. 신화는 이렇듯 구전된 이야기라는 성격이 있다. 구전된 이야기는 집단의 전승이며, 집단의 전승은 집단의 공유와 합의라는 의미이며, 그 집단이 공통으로 의미를 부여한 이야기라는 뜻이다.

환인의 서자 환웅이 등장한다. 환인은 모든 사건의 '원인자因'로서의 '신'을 뜻한다. 신의 서자이니 첩의 자식이라고 보면 안 된다. 《삼국유사》가 기록되던 당시에는 첩이니 서자니 하는 개념이 없었다. 여기서 '서자'는 장남이 아닌 아들이다. 아마 막내아들 정도일 것이다. 대부분의 문학작품에서 주인공들이 막내인 것을 생각하면 '서자'는 아마 막내의 뜻이 더 강한 것이리라.

그가 천하에 뜻을 두고 인간 세상을 탐내어 구하였다. 아버지가 그러한 아들의 뜻을 알고 '삼위태백'을 내려다보니 '널리 인간

세상을 이롭게 할 만하였다.'라고 한다. 그러니 애초에 환웅이 인간 세상을 탐냈다는 말은 이롭게 할 만하다는 것과 연관 지어 해석해야 한다. 환웅이 인간 세상을 탐냈다는 말은 지금 우리가 가지고 있는 탐심이나 소유욕과는 거리가 멀다. 마땅히 이롭게 할 만한 인간 세상을 당연히 그렇게 이롭게 하려는 의지의 표현. 그것이 '탐낸다'라고 드러났다. 그러니 단군신화의 근간은 한 개인의 탐심이 아니다. 인간 세상을 이롭게 하려는 더 높은 의지이다.

환인이 환웅에게 주었다는 천부인 세 개가 무엇인가에 대한 해석은 다양하다. 제정일치 시대라는 특성을 고려할 때 이것은 아마도 제사장이 사용하던 무구巫具일 것이며, 그 중 '방울, 거울, 칼' 정도라고 추정할 수 있다. 청동기 시대의 유물에서 발견할 수 있는 '팔주령', '다뉴세문경', '청동검' 등을 연상하면 이해하기 쉬울 것이다.

신화를 읽을 때 중요하게 봐야 할 것은 명사적인 부분이 아니다. 명사로 기록된 부분은 시간의 흐름이나 환경의 변화에 따라 변하고 왜곡될 수 있다. 중요한 것은 동사적인 부분이다. 주인공의 행위와 활동 등 동사적인 측면은 서사를 이끌어가는 중요한 기능적 요소이다. 그러니 천부인의 실체를 파악하기 위해 지나치게 고민할 필요는 없다.

천부인은 샤머니즘 시대에 무속의 도구로 활용했던 어떤 것이다. 신의 뜻을 인간에게 전하기 위해 사용했던 도구이다. 인간 세상을 이롭게 하는 데 필요한 기능을 가진 것이다. '천부인 세 개'라는 명사적인 측면보다 더 중요한 것은 그것이 '인간 세상을 이롭게 하려고' 신이 주었다는 동사적인 측면이다.

환웅은 삼천의 무리를 거느리고 태백산 꼭대기 신단수 아래에 내려와 그곳을 '신시'라고 했다. '신시'라는 명칭에서 문화의 시작을 엿볼 수 있다. 이 부분은 뒤에 나오는 '풍백, 우사, 운사'와 '인간 삼백 육십여 가지의 일' 등과도 연관이 있다. 비, 구름, 바람을 거느린다는 것은 농사를 주관하였다는 의미다. 선악이나 형벌 등을 주관했다고 하니 윤리나 형법 등에 대한 기준이 있었다는 뜻이고, 그 시대가 이미 탁월한 문화생활을 누리는 시대였다는 의미도 된다.

태백산 꼭대기 신단수는 신화에서 흔히 등장하는 '세계의 중심' 또는 '대지의 배꼽' 같은 의미다. 신화에서 천지창조가 일어나는 곳이 곧 세계의 중심이다. 이것은 흔히 산으로 묘사되거나 나무로 표현된다. 때로는 바다나 강과 같은 물로 표현되기도 한다. 이런 것을 '우주산' 또는 '우주목'이라고 한다. 세계의 중심이 되는 곳, 세계의 질서가 새롭게 시작되는 곳에서 신이나 영웅이 태어난다. 그곳이 주인공이 입사식을 치르는 장소이기 때문이다.

'우주산'이나 '우주목'의 이미지는 신화는 물론 많은 서사 문학에서 반복적으로 등장한다. 환웅이 등장한 태백산 꼭대기 신단수는 '우주산'과 '우주목'의 이미지를 모두 내포한다. '세계의 중심'이 되는 산으로서의 태백산, '세계의 중심'이 되는 나무로서의 신단수. 그곳에서 새로운 세계가 열리고 새로운 인물이 태어나 새로운 국가를 시작한다. 고도의 문화생활과 함께.

질병이나 선악이나 형벌 등을 주관하던 문화 시대에 곰이나 호랑이가 인간이 되기를 원했다는 내용은 이야기의 흐름과 맞지 않는다. 곰이나 호랑이를 문자 그대로 동물로 해석하기 곤란한 이유 중 하나다. 곰이나 호랑이를 토테미즘이나 어떤 동물을 신성시하는 부족 간의 갈등으로 해석하려는 경향도 있다. 토테미즘이나 신성 동물로 보기 어렵고 더불어 낯설게 느껴지는 이유는 많다.

이 신화의 결말은 단군왕검의 탄생이다. 따라서 주인공은 환인이나 환웅이나 곰이 아니라 단군왕검이다. 실제 《삼국유사》 원문에 붙어 있는 제목도 〈왕검조선〉이다. 왕검이 세운 조선이 핵심이라는 뜻이다. 따라서 이 이야기는 어떻게 왕검이 단군이 되어 조선을 세웠느냐에 초점을 두어야 한다. 곰과 호랑이 논쟁에 집중할 필요가 없다는 뜻이다.

곰과 호랑이가 햇빛이 들지 않는 곳에 고립되어 오직 마늘만 먹으며 고행한다는 것은 전형적인 입사식의 모습이다. 입사식은 이전 사회로부터 단절되어 고립된 곳에서 죽음과도 같은 고난을 겪은 후 새로운 사회로 통합되기 위해 치르는 통과의례이기 때문이다. 곰은 햇빛을 보지 않고 마늘만 먹으며 금기의 과제를 잘 견딘다. 쑥은 아마도 수행을 위해 피웠던 향으로 썼던 것이 아닐까? '한 심지'라고 표현한 것을 볼 때 그렇다. 어두운 굴에 갇혀 쑥향을 피운 채 마늘만 먹으며 단식 수련을 하던 곰은 결국 '세계의 질서'를 받아들이고 새로운 시대의 지도자로 거듭나는 입사식의 주인공이 된다.

곰은 '검' 또는 '곰'을 표기하기 위한 한자 차자 표기다. '검'이나 '곰'은 '신'을 나타내는 고유어이다. 하늘에서 내려온 신을 받아들인 땅은 신이 된다. 그것이 지모신이고 곰이다. '검'이나 '곰'을 표기하기 위해 가져온 '熊웅'이 단순히 동물 곰으로 인식되면서 여자로 변했다는 서술이 연결된 것이다. 동물인 곰이 사람을 낳을 수는 없기 때문이다. 이제 입사식의 주인공은 하늘에서 내려온 질서인 환웅과 결합하여 지모신으로 새롭게 태어난다.

〈단군 신화〉의 후반부는 입사식의 주인공이 수련을 통해 자기 몸에 신을 받아들여 새로운 존재로 거듭나는 과정을 묘사하는 것이다. 그렇게 새로운 존재로 거듭나야만 비로소 한 나라를 세울 지도자로서의 역량을 가진 자로 새롭게 태어나는 법이다. 이것이 샤먼 시대의 제사장이자 왕을 선발하는 자연스러운 과정이 아닐까?

입사식을 통해 '단군왕검'이 등장한다. 흔히 '단군'이라고들 하는데, '단군'은 '제단을 집전하는 자', 다시 말해 '제사장'을 뜻하는 말이다. '단군'은 직책을 가리키는 말이고 '왕검'이 이름일 것이다. 〈단군 신화〉는 주인공 '단군왕검'의 출생담을 중심으로 전개된다. 신화는 '천지창조'와 '입사식'에 대한 이야기라고 했다.

이 이야기는 곧 왕검이 그의 정신은 '세계의 질서'를 뜻하는 '하늘'인 환웅이 되고, 그의 몸은 '세계의 질서를 받아들이는 땅'인 곰이 되어 입사식을 마치고 스스로 새로운 세계의 중심에서 태어나 단군이 되는 과정을 보여주는 것이다. 새로운 세계의 질서로서의 하늘과 새로운 세계의 질서를 받아들인 대지로서의 땅이 결합하는 새로운 천지창조를 이루는 입사식 구조가 나타나는 셈이다.

왕검의 몸은 하늘의 질서신, 환웅를 받아들일 준비가 된 '곰'으로 입사식에 참여한다. 입사식은 이전 사회로부터 분리되어 고립된 곳에서 시련을 겪는 과정을 거친다. 그러니 그는 동굴에 갇혀 햇빛을 보지 않고 마늘만 먹는 시련을 겪는다. 그 고통의 시기는 '온전한 날'을 채우는 시기다.

'일백 일'이 아닌 '백일'로 표기된 원문을 볼 때, 곰은 '삼칠일'이라는 '온전한 날' 수를 채우는 기간 동안 입사식을 치른 것이다. 완전함을 뜻하는 3과 7의 결합인 삼칠일21일의 금기는 지금도 출산 후 외부인의 출입을 금하는 산모의 '삼칠일' 금기로 우리 민속에 남아 있다.

삼칠일 동안 햇빛을 보지 않고 마늘만 먹으며 수행하던 '곰'에게 세계의 질서인 '신'이 내린다. 그것을 인간의 출생이라는 방식으로 표현하기 위해 부득이 곰은 웅녀가 되고 환웅은 거짓으로 인간의 몸을 입어 둘이 혼인하는 것으로 묘사할 수밖에 없었다.

입사식의 대상자인 단군 후보자 왕검은 고립된 곳에서 시련을 겪은 후 접신을 통해 새로운 존재로 거듭난다. 입사식을 통해 새로운 하늘과 새로운 땅으로 다시 태어나는천지창조 이야기는 바로 이런 구조를 말하는 것이다. 그 일련의 과정을 기록한 것이 〈단군신화〉이다.

**생각해볼 문제**

**1.** 우리는 모두 자기 삶의 주인공이다. 내가 자신만의 신화를 쓰는 것이 곧 내 인생이다. 나는 지금 어디에서 어떤 시련을 겪으며, 어떤 존재로 거듭나기 위해 노력하고 있는 것일까? 내 인생의 입사식은 무엇일까? 그 입사식을 통해 새롭게 태어날 '나'는 어떤 존재일까? 상상해보고 묘사해보자.

**2.** 나는 세상의 중심에서 새롭게 태어나는 존재다. 내 '우주산'은 어디일까? 또는 내 '우주목'은 무엇일까?

# 알을 깨고 나온 사람 〈주몽 신화〉

주몽, 또는 동명왕이나 동명성왕으로 알려진 지도자의 이야기를 묶어서 〈주몽 신화〉라고 한다. 물론 주몽과 동명왕을 명확히 다른 존재로 보고 이야기하는 학설도 있다. 하지만 우리는 지금 신화의 구조에 관해 이야기하고 있다. 동명왕과 주몽을 같은 이야기로 보고 그 구조를 살펴보기로 하자.

《삼국유사》에 기록된 〈주몽 신화〉의 내용을 읽어보면 다음과 같다.

국사 《고려본기》는 말한다. 시조 동명성제의 성은 고씨이며 이름은 주몽이다. 이에 앞서 북부여의 왕 해부루가 이미 동부여로 피하고 부루가 죽자 금와가 왕위를 이었다.
이때 태백산 남쪽 우발수에서 한 여자를 얻어 물으니, 답하기를 "나는 하백의 딸로 이름은 유화라고 합니다. 여러 동생과 더불어 나가 놀았는데,

한 남자가 스스로 천제자 해모수라 말하며 나를 유혹하여 웅신산 아래 압록강가에 있는 방에서 사통하고 간 뒤로 돌아오지 않았습니다. 부모님께서 내가 중매 없이 다른 사람을 따른 것을 책망하고 이곳에 쫓아내었습니다."라고 하였다.

금와가 이상히 여겨 방안에 가두니 햇빛이 비추었는데 몸을 피하여도 햇빛이 따라가 비추더니 이로 인하여 잉태하여 알을 낳았는데 크기가 닷 되들이만 하였다. 왕이 이것을 개돼지에게 버렸으나 모두 먹지 않았다. 또 길에 버렸으나 소와 말이 피하였다. 들에 버리니 새와 짐승들이 덮어주었다. 왕이 그것을 가르려 하였으나 깨뜨리지 못했다. 이에 그 어미에게 돌려주었다.

어미가 천으로 싸서 따뜻한 곳에 두니 한 아이가 껍데기를 깨고 나왔는데 골격과 외모가 뛰어나고 기이했다. 나이 일곱 살에 기골이 뛰어나 평범한 사람들과 달랐다. 스스로 활과 화살을 만들어 백 번 쏘아 백 번 맞추었다. 나라 풍속에 활을 잘 쏘면 주몽이라 이르므로 이를 이름으로 하였다.

금와에게 일곱 아들이 있는데 늘 주몽과 더불어 놀았으나 기술과 능력이 미치지 못하였다. 장자 대소가 왕에게 말하기를 "주몽은 사람의 소생이 아니므로 만일 일찍 도모하지 않으면 후환이 있을까 두렵습니다."라고 하였다. 왕은 이를 듣지 않고 말을 기르게 시켰는데 주몽은 그 준마를 알아보고 먹는 것을 줄여 수척하게 만들고 둔한 말을 잘 먹여 살지게 하였다. 왕은 자신이 살진 말을 타고 수척한 말을 주몽에게 주었다.

왕의 모든 아들이 여러 신화와 더불어 장차 해를 끼치고자 모의하니 주몽의 어머니가 이것을 알고 고하여 말하기를 "나라 사람들이 장차 너를 해치려 하니 너의 재주와 지략으로 어디를 가지 못하겠느냐? 마땅히 빨리 일을 도모하여라." 하였다. 이에 주몽이 오이 등 세 사람과 더불어 벗을 삼고 엄수에 이르러 물에 말하였다. "나는 천제자이며 하백의 손자이다. 오늘 도망하는데 뒤쫓는 자들이 이르렀으니 어찌하겠는가?" 이에 물고기와 자라가 다리를 만들어 주어 건너고 나니 다리를 풀어 쫓는 기병들이 건너지 못하였다.
졸본주에 이르러 도읍을 정하였는데 미처 궁실을 지을 겨를이 없어 단지 비류수 위에 오두막집을 짓고 살면서 나라를 '고구려'라 하고 '고'를 씨로 삼았다. 이때 나이 십이 세로 한나라 효원제 건소 2년 갑신에 즉위하여 왕이라 칭하였다. 번역 : 필자

〈주몽 신화〉는 이규보가 쓴 〈동명왕편〉이라는 서사시에 더 자세히 기록되어 있다. 하지만 보편적으로 간결하게 알려진 이야기는 《삼국유사》의 기록이다. 여기에 기록된 이야기는 크게 두 부분으로 나눌 수 있다. 앞부분은 주몽의 탄생 직전 상황이다. 뒷부분은 주몽 탄생 이후 겪은 그의 시련과 건국 업적이다. 이야기의 중심을 이루는 부분은 '주몽의 탄생'이다.

주몽의 탄생도 왕검의 탄생처럼 입사식을 통한 탄생이라고 볼 수 있을까? 주몽이 알로 태어났다는 부분을 먼저 생각해보자. 사람이 실제 알로 태어날 수는 없다. 신화는 비유와 상징의 언어로 쓰였다는 것을 기억하자. 어떤 사람은 알을 '씨'나 '씨앗'의 상징적인 표현이라고 본다. 씨앗은 대체로 알처럼 둥글게 생겼기 때문이다. 커다란 가능성, 새로운 생명을 품고 있는 둥근 씨앗. 그런 해석도 좋다. 또 어떤 사람은 '해'의 상징적 표현으로 본다. 우리 민족은 고대로부터 빛과 해를 숭상한 민족이었다. 그러니 신화 주인공의 탄생을 해의 움직임에 빗대어 해처럼 둥근 모양의 알로 묘사했다고 보는 것이다.

신화의 주인공이 '알'로 태어나는 것을 어머니에게서 태어나는 생물학적 탄생이 아니라 입사식을 통해 태어나는 '인식적 탄생'으로 해석한 학자도 있다. 이 책에서는 신화에서 주인공의 탄생을 묘사하는 것이 그가 입사식으로 태어나는 과정을 그리는 인식적 탄생에 관한 묘사라고 본다. 입사식의 주인공이 일정한 의례를 통해 접신을 하고 그 결과 정신과 육체가 천지창조를 체현하는 것이라 본다.

〈주몽 신화〉에서 입사식의 주인공은 주몽이다. 주몽은 어머니 유화와 아버지 해모수의 결합으로 태어난다. 물론 이것은 실제 남녀의 결합을 말하는 것이 아니다. 유화는 하백의 딸이다. 하백은 강江의 신이다. 신의 딸은 곧 신이다. 신화에서 물은 산과 같다. 세계의 중심이다. 유화는 그 자신이 곧 세계의 중심, 지모신이다. 그가 '우발수'라는 물에서 잡혔다는 기록, '웅신산 압록강변'에서 해모수와 결합했다는 기록 등은 모두 물과 산의 긴밀한 연관성을 보여준다.

유화는 〈단군 신화〉의 웅녀와 같은 상징이다. 왕검의 몸이 웅녀로 묘사되듯 입사식의 주인공 주몽의 몸은 유화로 묘사된다. 해모수는 당연히 그에게 임하는 '세계의 질서'를 상징한다. 세계의 질서는 신과 같은 뜻이다. 절대적 존재인 신은 하늘로 상징되고 하늘에서 내려온다. 해모수를 '천제자'라고 한 표현은 그런 연유로 등장한 것이다. 입사식을 통해 하늘에서 내려온 질서와 그것을 받아들인 대지의 결합으로 새롭게 태어난 존재. 그것이 주몽이다.

그런데 왜 주몽은 '알'로 태어날까? 그것은 세계의 질서를 새롭게 깨달아 '아는 자'로 태어났다는 인식이 반영된 결과이다. '알다'의 '알'을 표기하기 위한 한자 차자로 '卵'을 쓰다 보니 알을 깨고 나온다는 서술이 결합하게 된 것이다. 지모신인 '곰'을 표기하기 위해 '熊'을 쓰니 그것이 동물 곰으로 인식되는 것과 같은 이치다.

조류의 알로 태어나는 비정상적 탄생이 아니라 '새로운 질서를 아는 자'로 거듭나는 것이야말로 새 세상을 다스릴 능력을 갖춘 지도자의 탄생 묘사에 적합하다. '아는 자'로 태어났다는 것을 설명하는 방법으로 '알'을 깨고 태어났다는 묘사처럼 어울리는 서술은 없을 것이다.

주몽은 '朱蒙'이라 쓴다. '밝게 안다'는 뜻이다. 세상 어느 존재도 태어나자마자 골격과 외모가 뛰어나고 스스로 활과 화살을 만들어 쏘아 백발백중의 실력을 갖출 수는 없다. 이것을 단순히 탁월한 능력이 있는 주인공에 대한 묘사로 보기도 어렵다. 신화의 주인공이 어머니에게서 태어나는 생물학적 탄생을 하는 것이 아니라 입사식을 통해 세계의 질서를 새롭게 알게 된 존재로 거듭나는 것이라고 볼 때만 이해할 수 있는 서술이다. 이렇게 볼 때 활과 화살을 만들어 잘 쏘았다는 것은 주몽의 탁월성, 그가 얻은 신적 능력을 설명하는 하나의 방법이 된다.

주몽이 치르는 입사식의 과정을 그리기 위해 유화는 방에 갇힌다. 해모수로 상징되는 '세계의 질서'와 결합하는 과정을 표현하기 위해 햇빛이 따라가며 비추는 것으로 묘사한다. 그의 고난과 시련은 '알'로 태어나 길에 버려지거나 짐승에게 던져지는 과정으로 그려진다.

제정일치 사회에서 한 나라를 세우고 이끌어가는 지도자는 당연히 제사를 집전하는 제사장이며 동시에 나라를 이끄는 왕이다. 제정일치 시대의 지도자를 선발하는 일은 혈통과는 무관하다. 그 후보자는 마땅히 제정일치 사회를 이끄는 신적 능력이 있어야만 할 것이다. 그리고 그 능력은 제정일치 사회를 이끄는 샤먼으로서의 능력이다. 입사식을 마친 주몽이 그런 능력이 있는지를 보여주는 증거가 활을 잘 쏘는 것이다. 또한 말을 알아보는 안목이 있는 것이다. 그가 입사식을 마치고 세계의 질서를 깨달아 알게 된 존재로 거듭났기에 그는 물고기와 자라의 도움을 받아 물을 건넌다.

〈주몽 신화〉가 가진 일련의 서사를 보면 '영웅의 일대기'를 떠올리게 된다. 이미 알려진 것처럼 서사문학에서 '영웅'들은 일정하게 반복되는 서사 구조를 따른다. 대략 정리하면 다음과 같다.

- 고귀한 혈통으로 태어난다.
- 비정상적인 출생을 한다.
- 태어나서 버림을 받는다.
- 조력자의 도움을 얻는다.
- 타고난 능력이 있거나 학습을 통해 능력을 개발한다.
- 죽음을 경험하거나 시련을 겪는다.
- 타고난 능력이나 학습된 역량으로 시련을 극복한다.
- 비전을 실현하고 영웅이 된다.

이 구조는 고소설에서도 반복적으로 등장할 것이다. 영웅 서사시의 주인공은 신화의 주인공이 가진 서사 구조를 따른다. 그들은 대체로 고귀한 혈통을 가진 존재다. 천제자 해모수의 아들이니 고귀한 혈통이다. 출생의 과정은 비정상적이다. 방에 갇힌 유화에게 햇빛이 따라가며 비치어 결국은 알로 태어난다. 그 후 버림받는다. 타고난 능력으로 활을 잘 쏘고 말을 잘 기르며 조력자인 어머니의 조언을 듣고 물고기와 자라가 만든 다리를 건너 자신만의 나라를 세워 비전을 실현한다.

〈주몽 신화〉에서 입사식의 주인공은 당연히 주몽이다. 그의 몸은 유화로, 그의 정신은 해모수로 표현된다. 그는 입사식의 시공간을 거쳐 '주몽'이라는 존재로 거듭난다. 새로운 천지창조가 일어난 셈이다. 새로운 존재로 거듭난 '밝게 아는 자'야말로 새로운 시대를 이끌어갈 새로운 지도자의 자격을 갖게 되는 법이다.

### 생각해볼 문제

**1.** 내가 '영웅의 일대기'를 살아가는 '영웅'이라면 나는 지금 어떤 단계를 지나고 있는 것일까? 자신의 삶을 영웅의 일대기에 대입해서 다시 해석해보자.

**2.** 내가 입사식을 통해 세상의 중심에서 새롭게 태어나는 존재라면 지금 내가 겪고 있는 입사식의 시련은 무엇일까? 이 시련을 이기고 나면 내가 실현할 수 있는 비전은 무엇일까?

# 말이 울고 떠난 박 〈박혁거세왕 신화〉

자신이 태어난 알을 성씨로 삼은 왕이 있다. 신라 시조 박혁거세왕이다. 그는 어떻게 태어났을까? 사람이 알을 깨고 나올 수는 없다. 당연히 그의 탄생 신화 역시 입사식에 관한 묘사일 것이다. 그가 겪은 입사식은 어떻게 표현되는지 살펴보자. 먼저 그의 탄생을 자세히 묘사한《삼국유사》를 읽어보자.

전한지절 원년 임자 3월 초하루에 육부의 조상들이 각기 자제들을 거느리고 알천 언덕 위에 모여서 의논하여 말하기를 "우리는 위로 백성을 다스릴 군주가 없기에 백성들이 모두 방일하여 제 마음대로 하게 되었다. 마땅히 덕 있는 사람을 찾아 군주로 삼아 나라를 세우고 도읍을 정해야 할 것이다." 하였다.
이때 높은 곳에 올라 남쪽을 바라보니 양산 아래 나정 곁에 이상한 기운이 번갯빛과 같이 땅에 내려온 곳에 흰 말 한 마리가 꿇어앉아 절하는 형상을 하고 있었다. 그곳을 찾아 살펴보니 보랏빛 알 한 개가 있었다. 말이 사람들을 보자 길게 울며 하늘로 올라갔다. 그 알을 갈라 사내아이를 얻었는데 모양이 단정하고 아름다웠다. 놀랍고 이상히 여겨 동쪽 샘에서 씻기니 몸에서 광채가 나고 새와 짐승이 따르며 춤을 추었고 천지가 진동하고 해와 달이 청명하였다. 이로 인해 혁거세왕赫居世王이라 이름하였다. 위호를 거슬한居瑟邯이라 하였다.

때에 사람들이 다투어 치하하며 말하기를, "이제 천자가 이미 내려왔으니 마땅히 덕 있는 여인을 찾아 임금의 배필을 삼아야 할 것이다."라고 하였다. 이날에 사량리 알영정 가에 계룡이 나타나 왼편 갈비에서 여자아이가 탄생하니 자태와 얼굴은 유난히 고왔으나 입술이 닭의 부리와 같았다. 장차 월성 북천에서 씻기니 그 부리가 떨어졌다. 이로 인해 그 내를 발천撥川이라 하였다. 궁실을 남산 서쪽 기슭에 세워 두 성스러운 아이를 받들어 길렀다. 남자는 알로 나왔는데 알은 박과 같고 향인鄉人들이 박을 박朴이라 하므로 그로 인하여 성을 박이라 하였고, 여자는 그가 나온 우물로 이름을 삼았다.

두 성인이 열세 살에 이르러 오봉 원년 갑자에 남자는 왕이 되고, 그 여자는 왕후로 삼았다. 나라 이름을 서라벌徐羅伐 또는 서벌徐伐이라 하고 혹은 사라斯羅 또는 사로斯盧라고도 하였다. 처음에 왕이 계정에서 나온 까닭에 혹은 계림국鷄林國이라 하니 계룡이 상서를 나타낸 까닭이었다. 일설에는 탈해왕 때에 김알지金閼智를 얻을 때 닭이 숲에서 울어서 나라 이름을 계림이라 고쳤다 하는데, 후세에 신라新羅라는 이름을 따랐다. 나라를 다스린 지 61년에 왕이 하늘로 올라가더니 7일 뒤 유해가 땅에 흩어져 떨어졌으며 왕후도 역시 죽었다. 나라 사람들이 합장하려 하니 큰 뱀이 쫓아와 못 하게 하므로 오체五體를 각각 장사지내어 오릉五陵이라 하고, 또한 사릉蛇陵이라고도 하니, 담엄사 북쪽 능이 이것이다. 태자 남해왕이 왕위를 이었다. 번역 : 필자

〈박혁거세왕 신화〉는 〈단군신화〉나 〈주몽 신화〉보다는 약간 더 길다. 출생 이전, 출생, 출생 이후, 사망 후까지 있다. 입사식을 통한 탄생이라는 부분에 초점을 맞춰 살펴보자. 박혁거세왕이 태어나기 전에는 '백성들이 방일하여 제 마음대로' 했다. 이것은 새로운 질서로 천지창조가 이루어지기 이전의 무질서와 혼돈의 상황을 보여준다. 박혁거세왕이 태어나니 천지가 진동하고 해와 달이 청명했다. 박혁거세왕의 탄생은 새로운 질서의 도래를 뜻한다. 천지창조를 통한 세계 질서의 재정립이다.

박혁거세왕 출생의 배경을 보면 다른 신화처럼 산과 물이 등장한다. 육부의 조상들은 '알천 언덕' 위에 모인다. 이상한 기운이 내려온 곳은 '양산' 곁에 있는 '나정'이라는 우물 옆이다. 산과 물이 반복해서 등장한다. 이 이야기에는 말도 등장한다. 흰 말이 꿇어앉아 절하는 형상을 하고 있다가 사람들을 보자 길게 울고 하늘로 올라간다. 여기에서 말은 어떤 의미의 존재일까? 실제로 말이 하늘로 올라갈 수는 없다. 그러니 이것 역시 어떤 상징이다.

박혁거세왕은 입사식을 통해 새로운 존재로 태어난다. 그 장소는 '세계의 중심'이 되는 '우주산'이다. 그것은 다시 '나정'이라는 물로 강조된다. 그곳에 말이 등장한다. 고대어에서 중심을 나타내는 단어는 곧 'ᄆᆞᆯ'또는 'ᄆᆞᄅᆞ'로 표기한다. 우리 지명에 유독 '말 마馬'가 많이 들어간 이유이기도 하다. 지금도 사람의 가장 중심이 되는 곳은 '머리'이며, 집에서 중심이 되는 곳은 '마루'다.

입사식은 그 지역에서 '중심'이 되는 장소에서 진행된다. 나라의 지도자를 선발하는 입사 의례는 하늘에 제사하는 중요한 장소에서 거행될 수밖에 없고 그곳은 곧 '세계의 중심'일 것이다. '세계의 중심'인 '말'에서 입사식을 통해 '세계의 질서'를 깨달아 '알'게 된 자로 태어나는 박혁거세왕. 그의 탄생을 예고하기 위해 말은 길게 '울고' 하늘로 올라간다. '울다'와 '알다'의 언어적 상관성을 생각해 볼 수 있는 부분이다.

그가 입사식을 치르고 있음을 알게 해주는 것은 그를 '동쪽 샘에서 씻기니 몸에서 광채가 나고 새와 짐승이 따르며 춤을 추었고 천지가 진동하고 해와 달이 청명하였다.'는 서술에서도 확인할 수 있다. 해와 달이 밝아졌다는 것은 어둠과 혼돈의 상황이 사라지고 세계가 새로운 질서로 재편되었음을 알리는 표현이다. 천지창조가 일어난 셈이니 천지가 진동하였다고 표현한 것이다. 새와 짐승이 따르고 춤을 추었다는 것은 자연의 이치를 깨달은 새로운 지도자의 탄생을 상징한다. 지도자의 상징이라고 할 봉황이 날아오르면 모든 짐승이 그 뒤를 따른다는 전설과도 유사하다.

그가 입사식을 치르고 있음을 알게 해주는 요소는 알영의 입술에 관한 묘사로도 드러난다. 〈박혁거세왕 신화〉에는 주인공 외에도 그 배필이 되는 인물의 출생까지 함께 언급한다. 신화 주인공의 탄생 개념이 입사식을 통한 인식적 탄생이라는 측면에서 점차 인간의 생물학적 탄생이라는 개념으로 변화하면서 박혁거세왕과 그의 배필이 되는 여인이라는 이분법적 사고가 생겨난 까닭이다. 단군왕검의 탄생을 위해 곰은 웅녀로 변하고 환웅이 인간으로 변해 혼인하는 장면이 첨가되듯이.

혁거세왕의 배필은 입술이 닭의 부리와 같았으나 발천에서 씻으니 그 부리가 떨어진다. 물에서 몸을 씻음으로써 이전의 불완전한 상태에서 온전한 상태로 변화한다는 측면에서, 이 장면은 기독교의 세례 혹은 침례 의식과 닮았다.

우리가 흔히 이해하는 세례나 침례 의식을 생각해보자. 기독교에서는 새로운 입교자를 대상으로 세례나 침례 의식을 한다. 입교자에게 물을 뿌리거나 입교자의 머리를 물로 씻거나 입교자의 몸을 물에 담갔다가 건지는 일련의 의례이다. 이 상징적 의례를 통해 입교자는 종교에 입문하기 전의 자신을 죽이고 새로운 존재로 다시 태어난다. 물론 제의적 죽음이요 제의적 탄생이다. 이때의 물은 새로운 질서를 잉태하고 출산하는 신성한 지모신이다. 그 장소가 '세계의 중심'이다. 전형적인 입사식이다. 그 입사식의 구조와 의미를 생각하며 〈박혁거세왕 신화〉를 다시 들여다보면, 이 신화가 얼마나 입사식 구조를 잘 따르고 있는지 알 것이다.

주인공 박혁거세왕은 세계의 중심이 되는 입사식의 장소에서 일련의 입사식을 치른다. '말'이 '울'고 하늘로 오르는 장면에서 이곳이 '세계의 중심', 곧 '머리'가 되는 장소임을 알 수 있다. 주인공이 입사식을 통해 '세계의 질서'를 깨달아 '아는' 존재로 태어난다는 것도 확인할 수 있다.

배우자가 되는 '알영'은 계룡의 옆구리에서 태어나는 비정상적 탄생을 한다. 그가 유독 알영정이라는 우물가에서 태어나고 그 부리가 닭의 부리와 같았으나 발천의 물에 씻고 정상으로 돌아왔다는 서술 등에서, 입사식 장소에 대한 상징과 입사식 이후에 나타나는 입사식 당사자의 존재 변화를 확인할 수 있다.

박혁거세왕이 알에서 나왔다고 해서 알을 박과 동일시하여 박을 성씨로 삼았다는 서술은 민간어원설이다. 정확한 연원을 모른 채 사람들 사이에 떠도는 비합리적 이야기가 어원으로 굳어지는 일은 흔하다. 만일 이 설명이 옳다면 알로 태어난 다른 사람도 성씨가 박이어야 한다. 하지만 박주몽, 박알지, 박탈해, 박수로는 없다.

오히려 박혁거세왕의 이름에서 '박'은 '밝다'의 '밝'이라고 보는 것이 더 타당해보인다. '주몽'을 '밝게 아는 자'로 보았듯이 '박혁거세왕'의 '박'은 '밝다'라는 뜻의 소리를 빌린 글자라고 보는 것이다. 희한하게도 '혁'은 '밝다'라는 뜻이다. 그러니 '박'은 '혁'의 의미를 소리로 표기한 것은 아니었을까? '혁'은 '밝다'의 의미를, '박'은 그 소리를 뜻하는 것은 아니었을까? '거세왕'은 '거슬한'이나 '거서간'과 같은 직책을 표기하는 것은 아니었을까? 그것이 알이 박과 같아서 박을 성으로 삼았다는 설명보다 더 합리적이지 않을까?

**생각해볼 문제**

**1.** 내 이름의 의미는 무엇인가? 만일 내가 입사식을 통해 새롭게 태어난다면 어떤 이름을 갖고 싶은가? 그 뜻은 무엇인가? 나는 어떤 사람으로 새롭게 살아갈 것인가?

**2.** 내가 존경하는 사람 중 한 사람을 골라 그가 지도자로서 어떤 품격을 가진 사람인지 정리해보자. 내가 그 사람을 존경하는 이유를 정리해보자. 나는 어떤 사람이 되고 싶은지 정리해보자.

# 버림받은 상자 〈석탈해 신화〉

영웅의 일대기 구조에서 언급했듯이 영웅 서사시의 주인공은 '비정상적 출생'이라는 화소와 함께 '버림받는' 대상이 된다. 주몽이 알로 태어나서 버려졌듯이 석탈해 역시 알로 태어나 버려지는 주인공이다. 석탈해의 탄생 신화 역시 《삼국유사》에 수록되어 있다. 탄생과 관련한 부분만 읽어보면 다음과 같다.

가락국 바다 가운데 배가 와서 닿았다. 그 나라 수로왕이 신하와 백성들과 함께 북을 치며 소란스럽게 하면서 맞이하여 머무르게 하고자 하였으나 배는 나는 듯이 달려 계림 동쪽 하서지촌 아진포에 이르렀다. 이때 바닷가에는 한 노파가 있었는데 이름은 아진의선이었으며 혁거세왕의 고기잡이 어멈이었다.

그가 배를 바라보며 이르기를 "이 바다 가운데는 원래 바위가 없는데 어떤 까닭으로 까치들이 모여 우는가?" 하였다. 배를 끌어당겨 살펴보니 까치들이 배 위에 모여들었고 배 안에는 궤 하나가 있었는데 길이는 이십

척, 너비는 십삼 척이었다. 그 배를 끌어다 나무숲 아래 두고 흉한지 길한지 알지 못해 하늘을 향해 맹세하고 기울여 열어보니 단정한 남자아이가 칠보와 노비가 가득한 가운데 있었다.

이레 동안 공궤하였더니 이에 말하기를 "나는 본래 용성국 사람이다. 우리나라에는 일찍이 28 용왕이 있어서 사람의 태에서 태어났다. 5, 6세부터 왕위에 올라 만민을 가르쳐 성명을 닦아 바르게 하여 8품의 성골이 있으나 가려 뽑지 않고 모두 왕위에 올랐다. 그때 부왕 함달파는 적녀국의 왕녀를 맞아 왕비로 삼았는데 오래도록 자식이 없자 기도하고 제사하여 자식을 구한 지 칠 년 후에 큰 알을 하나 낳았다. 이에 대왕은 여러 신하를 모아 묻기를 '사람이 알을 낳는 것은 고금에 없는 일이라 아마 좋은 조짐이 아닐 것이다.' 하고 이에 나를 넣을 궤를 만들어 칠보와 노비와 함께 배에 실어 바다에 띄우면서 빌어 말하기를 '인연이 있는 땅에 이르러 나라를 세우고 집을 이루도록 해주시오.' 하자 붉은 용이 나타나 배를 보호하여 이곳에 이르렀다."라고 하였다. 번역 : 필자

〈석탈해 신화〉에는 탈해왕이 알로 태어나 버림받은 과정이 자세히 그려진다. 석탈해의 탄생과 관련한 묘사가 신화 주인공의 입사식을 표현한 것인지 확인해보자.

용성국의 함달파 왕이 적녀국 왕녀를 맞이하여 알을 낳았다. 앞서 주몽과 박혁거세왕이 알로 태어난 것과 같다. 사람이 알로 태어날 수는 없다. 당연히 상징적 표현이다. 짐승의 알이 아닌 '아는 자'로 태어난다는 뜻이다. 이것을 보통의 알로 생각하니 사람이 알을 낳은 일이 좋은 일이 아니라고 보고 그것을 버린다는 이야기가 삽입된다.

여기서 알이 문자 그대로의 알이라면 아무렇게나 버려도 괜찮

을 것이다. 금와왕 역시 유화가 낳은 알을 그냥 길에 버렸으니까. 그런데 함달파 왕은 좀 다르다. 그것을 궤에 넣어서 버린다. 그 궤도 보통 크기가 아니다. 길이 6미터가 약간 넘고 너비는 4미터가 조금 안 되는 크기다. 알만 넣어 버리지 않는다. 각종 보화와 노비를 함께 넣어서 버린다. 이쯤 되면 버린다는 말이 무색할 지경이다. 그 알을 깨고 고귀한 신분의 인물이 태어난다는 확신이 없으면 하지 않을 행위이다.

영웅의 일대기 구조에서 영웅신화의 주인공은 비정상적으로 태어나 버림받는 구조를 반복한다고 했다. 고구려를 세운 주몽이 그랬다. 석탈해 역시 마찬가지다. 알로 태어난 비정상적 출생 이후에 궤에 담겨 바다에 버려진다. 비정상적 탄생 이후 궤에 담겨 물에 버려지는 대표적 인물은 구약성서에 나오는 모세다.

모세는 유대인이 번성하는 것을 두려워한 파라오의 명령에 따라 태어나자마자 죽임을 당할 운명이다. 하지만 그 부모는 태어난 아이를 버리지 않고 몰래 키운다. 그러다가 결국 갈대 상자에 넣어 나일강에 버린다. 마침 나일강에 나온 공주에게 발견된 모세는 죽지 않고 이집트 왕궁에서 자란다. 그는 훗날 유대 민족 전체를 이끌고 이집트에서 탈출하는 지도자가 된다. 한 민족을 이끈 지도자의 탄생 신화에서 유아 살해라는 비정상적 탄생 배경과 더불어 탄생 후 버림받는 이야기가 나란히 등장한다.

궤에 갇혀 버려졌다가 다시 건져 부활하는 이야기의 원조는 이집트의 오시리스 신화다. 오시리스는 그 동생 세트의 계략에 의해 자기 몸에 딱 맞는 나무 관에 들어가 나일강에 버려진다. 이후 여러 과정을 거치기는 하지만 결국은 부활하여 후손을 이어간다. 입사식은 반드시 입사 의례의 주인공이 겪는 고립과 시련을 동반하는데 오시리스는 나무 관에 갇혀 물에 버려진 후 새롭게 부활하는 셈이다. 모세 역시 갈대 상자에 담겨 나일강에 버려진 후 공주의 아들로 다시 태어나는 셈이다. 태어나서 버림받았던 모세는 결국 죽음과 같은 시련을 이기고 유대 민족의 지도자가 된다.

석탈해 역시 알로 태어나는 비정상적 탄생 이후 궤에 담겨 물에 버려진다. 신화에서 물은 산과 더불어 신화의 주인공이 탄생하는 세계의 중심이다. 태백산 신시에 내려온 환웅을 기억해보자. 태백산 '우발수'에서 잡힌 유화, 웅신산 '압록강변'에서 그가 만난 해모수, 양산 아래 '나정'이라는 우물 곁에서 알로 태어난 박혁거세왕 등을 기억해 보자. 그뿐이 아니다. 김수로왕은 '구지봉'이라는 산에서 등장하며 김알지는 나무에 걸린 궤에서 나오고 금와왕은 '곤연'이라는 물가의 바위 아래에서 나온다.

앞으로 이야기할 수많은 이야기 주인공의 탄생 배경에는 산이나 물이 등장한다. 그들은 모두 세계의 중심이 되는 산이나 물에서 행해진 입사식을 통해 세계의 질서를 깨닫고 천지창조를 이루며 새로운 주인공으로 거듭난 인물들이다.

물을 세계의 중심이라고 볼 때, 물을 통해 죽음을 경험하고 다시 살아난 인물 중에는 구약성서의 노아도 있다. 성서에 따르면, 노아는 태초에 창조된 인류의 멸망 이후 새로운 인류의 태동을 이끈 장본인이다. 인류를 창조한 야훼는 자신이 창조한 인간이 타락하자 홍수를 일으켜 세상을 심판한다. 야훼는 인간을 심판하기에 앞서 유일한 의인이라고 평가한 노아에게 방주를 만들어 세상에서 그 씨를 보존하기로 작정한다.

이때 노아가 만든 방주는 길이 300큐빗 약 135미터, 너비 50큐빗 약 22.5미터, 높이 30큐빗 약 13.5미터의 3층짜리 배다. 모든 인간은 홍수로 죽고 노아와 그 가족만 세계를 뒤덮은 물에서 구원을 얻는다. 그리고 그는 새로운 인류의 역사를 여는 주인공이 된다. 여기에서 홍수는 노아가 겪는 입사식이다. 지구를 뒤덮은 물과 방주가 도착한 아라랏 산은 새로운 인물 노아가 태어나는 새로운 세계의 중심이다.

이런 상상은 어떤가? 석탈해는 커다란 궤에 갇혀 입사식을 치른다. 단군의 몸인 웅녀가 동굴에 갇혀 입사식을 치르듯이 그는 궤 속에서 햇빛을 못 보고 입사식을 치르는 셈이다. 〈석탈해신화〉에서 고기잡이 어멈 아진의선이 물에 떠오는 궤를 발견하듯 나일강에 떠오는 갈대 상자는 파라오의 공주가 발견한다. 석탈해의 궤 위에 까치가 모여들듯이 노아의 방주 위에는 비둘기와 까마귀가 등장한다.

모든 신화는 사실 문화적 환경만 서로 다를 뿐 결국은 다 같은 이야기가 아닐까? 우리의 상상력을 조금만 넓힌다면 우리는 더 깊고 다양한 문학의 세계로 들어갈 수 있을 것이다.

## 생각해볼 문제

**1.** 신화의 주인공이 버림받는 이야기는 왜 생겼을까? 태어나면서부터 고귀한 신분으로 아무 근심 걱정 없이 자란 사람이 한 무리의 지도자가 되는 것과, 많은 고통과 시련을 이겨낸 사람이 지도자가 되는 것의 차이는 무엇일지 비교하여 생각해보자.

**2.** 단군신화의 동굴, 유화가 갇혀 있던 방, 석탈해의 궤, 김수로왕의 알이 담겨 있던 상자, 김알지가 들어 있던 황금 궤 등이 모두 입사식을 치르는 주인공이 의례를 위해 갇혀 있던 공간이라고 생각해보자. 주인공의 단절과 폐쇄와 고립 등을 다룬 이야기가 현대 문학에서도 발견되는 요소인지 찾아보자.

# 거북의 머리 〈김수로왕 신화〉

김수로왕은 고대가요 〈구지가〉로 잘 알려진 주인공이다. 하지만 사람들은 〈구지가〉는 잘 알아도 김수로왕 신화에 대해서는 잘 모른다. 김수로왕 신화는《삼국유사》〈가락국기〉에 실려 있다.

그가 탄생하기 전의 상황을 보자. 〈가락국기〉는 다음과 같이 시작한다.

**- 개벽 이후로 이 땅에는 나라 이름이 없었고 임금과 신하의 칭호도 없었다.**

나라 이름도 없었고 임금과 신하에 대한 칭호도 없었다. 마치 질서가 갖추어지지 않은 무질서의 상황처럼 보인다. 〈박혁거세왕신화〉에서도 혁거세왕이 탄생하기 전에 '백성들이 방일하여 제 마음대로' 했다고 묘사했던 것을 떠올려 보자. 신화의 주인공이 태어나기 이전 상황은 이처럼 혼돈의 세계로 묘사된다. 질서가 갖추어지기 이전의 상황, 코스모스가 완성되기 이전의 카오스인 셈이다. 이런 상황에서 김수로왕은 새로운 질서의 표상으로 등장한다. 김수로왕이 탄생하는 장면을 살펴보자.

후한 세조 광무제 건무 18년 임인 3월 계락일에 사는 곳 북쪽 구지에서 무엇을 부르는 수상한 소리가 났다. 이삼백 명의 무리가 이곳에 모였는데 사람의 소리 같으나 그 형체는 숨긴 채 소리가 나서 이르기를 "여기 사람이 있느냐?" 하여 구간의 무리가 "우리가 있습니다." 하였다. 또 이르기를 "내가 있는 곳이 어디인가?" 하여 대답하기를 "구지입니다." 하였다.
또 이르기를 "하늘이 나에게 명하기를 이곳에 나라를 새로 세우고 임금이 되라 하셨기에 이곳에 내려온 것이니 너희는 모름지기 산봉우리 꼭대기의 흙을 파헤치면서 노래하기를 '신이시여 머리를 드러내소서. 만일 드러내지 않으면 불에 구워 먹으리라'하고 뛰며 춤추어라. 그러면 대왕을 맞이하여 기뻐 뛰게 될 것이다." 하였다.
구간의 무리가 그 말처럼 기뻐 노래하고 춤을 추다가 얼마 지나지 않아 우러러보니 붉은 줄이 하늘에서 곧게 드리워 땅에 닿아 있었다. 그 줄의 끝을 찾아보니 붉은 보자기에 금으로 만든 상자가 싸여 있었다. 그것을 열어 들여다보니 해처럼 둥근 황금알 여섯 개가 있었다. 여러 무리의 사람들이 모두 놀라고 기뻐하여 함께 여러 번 절하고 그것을 싸서 안고 돌아와 아도간의 집 평상 위에 두고 그 무리가 각기 흩어졌다.
12일이 지난 다음 날 해가 떴을 때 무리가 다시 모여 그 상자를 열어보니 여섯 개의 알이 어린아이가 되었는데 용모가 매우 아름다웠다. 이에 평상에 앉히고 무리가 하례하고 절하며 공경하기를 그치지 않았다. 매일매일 자라 십여 일이 지나자 키는 구 척으로 은나라 천을과 같았고, 얼굴은 용과 같아 마치 한나라 고조와 같았다. 여덟 가지 색깔의 눈썹은 당나라 고조와 같았고, 눈동자가 겹으로 된 것은 우나라의 순임금과 같았다. 그달 보름에 즉위하였으니 처음 나타났다고 하여 수로, 혹은 수릉이라 하였다.

나라 이름을 대가락 또는 가야국이라 칭하였으니 곧 육가야의 하나였다. 나머지 다섯 사람도 각기 다섯 가야의 주인이 되었다. 번역: 필자

김수로왕의 탄생과 관련한 중요 요소를 살펴보자. 먼저 그가 알로 태어났다는 사실이다. 주몽, 박혁거세왕, 석탈해 모두 알에서 태어났다. 신화의 주인공이 알로 태어난다는 것은 '아는 자'로 태어난다는 것, 다시 말해 입사식을 통한 인식적 탄생을 상징한다고 볼 수 있다. 김수로왕의 탄생에서도 입사 의례의 배경을 확인할 수 있다.

아직 나라가 온전하지 않은 혼돈의 시기에 구간의 무리가 구지봉에 모인다. '계락일'에 모였다는 것을 보면 그날은 낙동강 유역에서 제의를 거행하던 날일 수 있다. 구지봉은 입사식이 거행되는 '세계의 중심'이다. 구간과 여러 무리가 입사 의례를 진행하고 그때 하늘에서 소리가 들려와 임금을 맞이할 준비를 하라고 명령한다. 땅을 파면서 노래하고 춤을 추라는 것이다. 이때 부른 노래의 의미는 다음과 같다.

신이시여 신이시여
머리를 드러내소서
드러내지 않으면
불에 구워 먹으리라

구지봉이라는 지명이나 〈구지가〉라는 노래에 등장하는 거북

은 동물로서의 거북이라 할 수 없다. 동물로서의 거북이라고 하면 노래를 부른 후에 하늘에서 내려오는 것은 거북의 머리여야 하는데 그렇지 않다. 토템이라고 하기도 어렵다. 그렇다면 거북에 대한 신격화 증거가 있어야 하는데 우리에게는 거북을 신성시하는 의식이 남아있지 않다. 이것은 〈단군 신화〉의 곰과 호랑이 역시 마찬가지다. 곰이나 호랑이를 신성시하는 의식이나 민속이 남아 있지 않다. 그러니 신화에 등장하는 이런 동물은 실제의 그 동물 자체를 신성시한 것이라 보기 어렵다.

〈구지가〉의 거북은 '검'이다. '검'은 '신'을 뜻하는 고유어이다. 〈구지가〉의 거북龜은 '검'을 표기하기 위한 한자 차자로 보아야 한다. 그렇게 보면 이 노래는 거북에게 머리를 내놓으라는 노래가 아니라 신에게 지도자를 보내달라는 기원의 노래가 된다. 그 기원에 대한 응답으로 새로운 세계를 열어갈 지도자인 수로왕이 나타난 것이다. 이 해석이 더 합리적이지 않은가?

다음으로 살펴볼 것은 그 알이 '상자'에 들어 있었다는 사실이다. 이 부분은 석탈해 신화의 경우와 비슷하다. 차이가 있다면 석탈해는 궤 안에 알과 함께 칠보와 노비가 들어 있었고, 수로왕은 황금 상자 안에 알 여섯 개가 있었다는 것이다. 육가야의 지도자 후보들은 상자 안에 들어가 땅에 묻혀 입사식을 치렀던 것은 아닐까? 입사식을 통해 여러 무리가 노래하고 춤추며 땅을 파헤쳐 상자를 꺼내고 그 안에서 새로운 세계의 질서를 깨우친 지도자들이 입사식을 마치고 나온 것이라 보는 것이 더 합리적이지 않을까?

이처럼 상자에서 태어나는 인물 중에는 '김알지'도 있다. 《삼국유사》에 수록된 김알지의 탄생 신화는 다음과 같다.

영평 3년 경신 8월 4일에 호공이 밤에 월성 서리를 가는데 크고 밝은 빛이 시림 속에서 비치는 것이 보였다. 자줏빛 구름이 하늘에서 땅으로 뻗쳤고 구름 속에 황금 궤가 있어 나뭇가지에 걸려 있고 빛은 궤에서 나왔다. 또 흰 닭이 나무 밑에서 울었다.
이 상황을 왕이 듣고 그 숲에 가서 궤를 여니 어린 남자가 있었는데 누웠다가 곧 일어나는 것이 혁거세의 고사와 같았다. 이에 그 말에 따라 '알지'로 이름하였는데 '알지'는 우리말로 어린아이를 이르는 말이다. 아이를 안고 대궐로 돌아오니 새와 짐승이 서로 따르며 기뻐 뛰놀고 춤을 추었다.

번역: 필자

김알지 역시 황금 궤에서 나온다. 알에서 나오지는 않았으나 그의 이름에는 '알'이 들어 있다. 그 이름이 '알지'라는 것도 재미있다. '알지'라는 이름에서 '알'은 소리를 본뜬 말이고, 그 '알'이 짐승의 알이 아니라 '알다'라는 뜻이라는 의미가 '智알 지'라는 글자에 담긴 것이라 볼 수 있다.

상자에서 사람이 나오는 이야기에는 제주 〈삼성 신화〉도 있다. 우리가 잘 살펴보지 않는 제주도 〈삼성 신화〉의 주인공은 땅에서 그냥 솟아 나오는 것으로 묘사된다. '양을라, 부을라, 고을라'가 그들이다. 세 명의 신인이 땅에서 솟아났다는 묘사는 단군왕검이 지모신을 뜻하는 '검곰'에서 태어났다는 것과 얼마나 유사한가? 김수로왕의 탄생을 위해 '검거북'에게 기도했다는 기록과도 비교해보자.

신화는 이렇듯 비유와 상징이라는 면에서 서로 많은 유사성을 가지고 있다. 제주도의 기원이 되는 이 세 신인은 땅에서 바로 나왔다. 하지만 그들의 배필은 다르다. 그들의 배필이 될 운명의 사람들은 모두 상자에 담긴 채 물에 떠왔다. 《고려사》에 있는 해당 부분을 살펴보자.

탐라현은 전라도 남쪽 바다 가운데에 있다. 그 <고기>에 이르기를 "태초에는 사람이 없었는데 세 신인이 땅으로부터 솟아 나왔다. 맏이를 양을라, 다음을 고을라, 셋째를 부을라라고 하였다. 세 사람은 거친 땅에서 사냥하면서 가죽옷을 입고 고기를 먹었다.
하루는 자주색 진흙으로 봉해진 목함이 떠서 동쪽 바닷가에 이르는 것을 보고 얻어 열어보니 함 안에 또 돌함이 있고 붉은 띠와 자주색 옷을 입은 사자가 따라 나왔다. 돌함을 여니 청색 옷을 입은 처녀 셋이 망아지, 송아지, 오곡의 종자와 함께 나왔다. 번역: 필자

외부의 어딘가에서 물에 떠 다가온 상자, 상자 안에 있던 사람, 그들이 혼자 오지 않고 다른 무엇과 함께 왔다는 묘사는 〈석탈해 신화〉를 떠올리게 한다. 이제 오시리스가 갇혀 나일강에 떠내려간 나무관, 모세가 담겨 나일강에 떠내려간 갈대 상자, 알로 태어난 석탈해가 칠보와 노비와 함께 담겨 배에 실려 떠온 궤, 김알지가 담겨 나뭇가지에 걸려 있던 황금 궤, 〈삼성 신화〉의 배필들이 송아지와 망아지와 곡식 종자와 함께 담겨 바다 위로 떠내려왔던 목함 속의 돌함 등이 마치 하나의 장면을 다른 색으로 칠

한 그림처럼 느껴지지 않을까?

끝으로 주목할 것은 수로왕의 탄생을 위해 사람들이 땅을 파며 노래하고 춤을 추었다는 서술이다. 임금을 맞이하기 위한 의례로는 좀 독특하다는 생각이 드는 장면이다. 노래하고 춤추어 어떤 소원을 이루는 장면은 〈수로부인〉 이야기에도 등장한다. 수로부인은 바닷가 절벽 위에 핀 철쭉꽃을 꺾어달라고 요청하여 지나가던 노인이 암벽 등반을 하도록 만든 인물이다. 그때 노인이 꽃을 꺾어 바치며 부른 노래가 향가 〈헌화가〉이다.

문제는 이 사건 이틀 뒤 임해정에서 일어난다. 갑자기 바다의 용이 수로부인을 납치한다. 순정공이 어찌할 바를 모르고 있는데 역시 어떤 노인이 나타나 해결책을 제시한다. 그 지역 백성들을 모아 막대기로 언덕을 때리며 노래를 부르라고 한 것이다. 노래의 내용 역시 〈구지가〉와 비슷하다. '거북'이 등장하고 '수로'를 요구한다. 향가 〈해가〉이다. 노인이 시킨 대로 노래하자 용이 바다에서 나와 수로부인을 바친다.

김수로왕의 탄생과 수로부인 이야기의 공통점을 정리하면 다음과 같다.

첫째, 문제가 발생한다. 임금이 없다는 문제, 수로부인이 사라진 문제가 있다.

둘째, 문제에 대한 해결책을 얻는다. 하늘에서 소리가 나서 방법을 알려주거나, 웬 노인이 나타나 방법을 알려준다.

셋째, 시키는 대로 수행해서 문제를 해결한다. 하늘의 소리가 시킨 대로, 노인이 알려준 대로 수행하니 임금을 얻고 수로부인이 나온다.

넷째, 문제 해결의 방법에 노래와 춤이 동원된다. 김수로왕이나 수로부인 모두 비슷한 장면의 연출 이후 등장한다.

이러한 일련의 과정은 우리 민속의 '굿'과 기본 구조가 비슷하다. '굿'은 인간이 자신의 문제를 해결하기 위해 절대적 존재에게 기원하고 그 해결책을 얻는 일련의 의례이다. 신을 불러 그 신에게 문제를 의뢰하고 그에 대한 해결책을 얻는다. 이때 수반되는 것이 노래와 춤이다. 조용히 침묵하며 신을 부르거나 마음으로 기원을 말하는 무당은 없다. 춤을 추고 노래하며 신을 부르고 문제의 해결책을 요구한다.

김수로왕의 탄생과 관련한 신화에서 백성이 모여 땅을 파고 노래하며 춤을 추었다는 것과, 수로부인과 관련한 설화에서 백성이 모여 막대기로 언덕을 두드리며 노래하고 춤을 추었다는 것은 무척 많이 닮았다. 그리고 그 행위의 결과로 문제가 해결되었다는 것도 마찬가지다. 이런 유사한 이야기 구조는 결국 우리가 알고 있는 신화의 저변이 샤머니즘에 기반을 두고 있다는 사실, 그것이 제의의 과정과 연관되어 있다는 사실 등을 보여주는 것은 아닐까?

## 생각해볼 문제

**1.** 주인공의 탄생 이전 무질서 상황이 주인공의 등장으로 변화하고 사회 구성원의 결속을 가져오는 신화의 이야기 구조를, 현재 우리 사회가 요구하는 바람직한 지도자의 자격과 연관하여 생각해보자.

**2.** 노래하고 춤을 추어 문제를 해결하는 방식의 주인공으로는 <처용가>를 불러 역신을 쫓아낸 처용도 있다. '벽사진경(辟邪進慶: 사악한 것을 물리치고 경사스러운 일을 맞이함)'의 특징을 가지는 처용가의 성격과 관련하여 신화와 제의와의 상관성을 생각해보자.

# II. 신화에서 소설로

## 전기 문학

지금까지는 몇몇 신화를 살펴 그 구조의 유사성을 생각해보았다. 신화는 주인공의 탄생에 관한 서술을 중심으로 전개된다. 그 탄생은 어머니에게서 태어나는 생물학적 탄생이 아니라 입사식을 통한 인식적 탄생이다. 입사식의 주인공은 자기 몸을 '세계의 질서'를 받아들이는 지모신으로 삼고, 자기 정신을 새로운 세계를 다스리는 질서로 삼아 천지가 새롭게 창조되듯 탄생한다. 신화는 막연하고 비현실적인 이야기이거나 지나치게 황당한 이야기가 아니라 충분히 합리적이고 잘 갖춰진 구조의 이야기이다.

모든 민족의 신화는 그저 황당하고 비합리적인 이야기가 아니라 나름의 질서와 합리성을 비유와 상징의 언어로 표현한 이야기일 뿐이다. 우리는 그 이면에 담긴 의미를 잘 읽어야 한다. 신화를 시작으로 한 문학이 인간 사회를 어떻게 보여주는지 읽을 수 있기 때문이다. 문학에 담긴 인간이 어떤 존재인지를 읽을 수 있기 때문이다.

이제 신화가 가진 비유와 상징이 서사문학의 발전에 따라 어떻게 변주되는지 확인해보자. 여기서 살펴볼 장르는 전기 문학이다. 이것은 한 사람의 일대기를 이야기하는 서사 양식이다. 지금 우리가 일반적으로 알고 있는 전기와는 좀 다르다. 전기 문학은 객관적 서술로 전개되지 않는다. 그 바탕에는 여전히 신화적 비유와 상징이 내포되어 있다. 그리고 그것은 아직 소설로 발전하지 못한 이야기이기도 하다. 우리는 전기 문학이 신화의 특성을 어떻게 계승하는지 확인해볼 것이다. 또 그런 특성이 소설 문학의 태동에 어떻게 이어지게 되는지를 발견하게 될 것이다.

신화를 살아가던 시대에는 신화가 모범이었다. 사람들은 신화를 통해 세계가 새롭게 갱신되는 삶을 살았다. 신화는 단순한 이야기가 아니었다. 그것은 제의와 결합한 신성한 어떤 것이었다. 사람들은 신화의 신성성을 밑거름으로 삼아 삶을 영위했다. 하지만 시간은 흐르는 법. 사람들은 신화를 살아가던 공동체의 시대에서 점점 개인의 역사와 삶에 주목하는 시대로 변화하는 삶을 살게 되었다.

신의 이야기, 신적 능력이 있는 영웅의 이야기에서 개인의 이야기로 집중하는 시기에 전기 문학이 자리하고 있다. 신화를 살아가는 시대에서 벗어나 개인의 역사와 개인의 중요성에 눈을 뜨기 시작한 시대의 이야기, 집단 공동의 서사와 개인의 서사가 섞이는 시대의 이야기다. 하지만 개인의 삶에 눈을 뜨는 시대에도 여전히 그 이야기의 모범은 신화에 있었다.

신화를 살아가던 시대는 지났으나 아직 개인의 욕망이 순수한 창작물로 만들어지지 않던 시기에 등장한 서사 양식으로서의 전기 문학. 한 시대를 대표하는 인물의 전기를 기록한 내용이지만 온전히 신화에서 탈피하지는 못한 문학. 이것은 한 개인의 일대기를 온전히 객관적이고 사실적으로 기록한 것이 아니다. 개인의 일생을 기록한 것 같으나 여전히 신화의 서술 양식을 따르고 있는 특성도 있다. 객관적이고 비평적인 전기는 아니나 완전한 창작 소설도 아닌 중간 단계의 이 서사 문학을 몇 편 감상해 보자.

여기에서 함께 읽어볼 인물에 대한 기록은 이미 들어서 아는 내용일 것이다. 하지만 그 인물에 대한 기록을 아무리 보아도 객관적 사실 같지는 않다. 그렇다고 완전한 창작이라고 볼 수도 없다. 신화에서는 벗어났으나 소설의 단계에는 이르지 못한 중간 단계의 문학. 물론 이 단계를 지나 가전체 문학이 있기는 하지만 그것은 오히려 전기의 양식만 취한 소설이라고 볼 수 있다.

여기에서는 몇몇 인물들과 만나게 될 것이다. 그들의 탄생과 업적을 다루는 일련의 글을 통해서 '이야기'가 어떻게 변화하고 발전하는지를 느껴보면 좋겠다. 그런 이야기에 담긴 일련의 특성을 찾아낼 수 있다면 더 좋겠다.

우리가 이 부분에서 만나볼 인물은 무왕, 온달, 김유신, 궁예, 견훤 등이다. 우리는 각각 그 인물에 대해 어떤 정보를 알고 있을까? 그런 사실들은 어느 정도의 객관성을 확보한 것일까? 만일 그것이 객관적 사실이 아닐 확률이 높다면 그런 이야기가 생성된 배경은 어떤 것일까?

### 생각해볼 문제

**1.** 신화의 구조는 입사식을 바탕으로 한다고 보았다. 그렇다면 전기 문학의 구조도 그럴까? 우리가 알고 있는 현대 인물에 관한 전기 중 하나를 예로 들어 입사식의 구조를 찾아보자.

**2.** 사람들은 왜 자신의 이야기가 아닌 영웅적인 인물의 이야기에 주목하고 그들의 이야기를 글로 남겼을까? 우리가 어떤 이야기를 글로 남기려고 하는 까닭은 무엇인지 그 원인에 집중하여 생각해보자.

# 선화공주의 선택 〈무왕 전기〉

신화의 주인공은 입사식을 통해 탄생한다. 그렇다면 무왕은 어떨까? 무왕의 탄생은 신화 주인공의 탄생과 어떤 차이가 있을까? 무왕의 탄생에 관한 부분과 그의 업적이 기록된 《삼국유사》를 살펴보자.

제30대 무왕의 이름은 장이다. 어머니는 과부로 경사 수도 남쪽 못 가에 집을 짓고 살았는데 못의 용과 교통하여 그를 낳았다. 어릴 때 이름은 서동이었는데 기량을 측량하기 어려웠다. 항상 마를 캐어 팔아 생업으로 삼았기에 나라 사람들이 이를 인하여 이름으로 삼았다.
신라 진평왕의 셋째 공주 선화가 아름답기 짝이 없다는 것을 듣고 머리를 깎고 서울로 갔다. 동네 아이들에게 마를 나누어주니 아이들이 친하게 여겨 따랐다. 이에 노래를 지어 아이들을 꾀어 부르게 하였는데 그 노래에 이르기를 "선화공주님은 남몰래 시집가 두고 맛둥방을 밤에 몰래 [또는 알을] 안고 가다."라고 하였다.

아이들 노래가 서울에 가득하여 궁궐에까지 이르렀다. 모든 관료가 극구 간하여 공주를 먼 곳에 유배하기로 하여 장차 떠나려 할 때 왕후가 순금 한 말을 주어 보냈다. 공주가 유배지에 이르려 할 때 서동이 도중에 나와 절하며 모시고 가겠다고 하였다. 공주는 비록 그가 어디에서 온 줄은 몰랐으나 우연히 믿고 기뻐하였다. 이에 따르게 하여 몰래 정을 통하였다. 그런 후에야 서동의 이름을 알고 이에 동요의 영험함을 믿었다.

함께 백제에 이르러 모후가 준 금을 내놓고 장차 생계를 꾸리려 하니 서동이 크게 웃으며 이르기를 "이것이 어떤 물건입니까?" 하니 공주가 이르기를 "이것은 황금인데 백 년의 부를 이룰 수 있을 것입니다." 하였다. 서동이 말하기를 "내가 어려서부터 마를 캐던 땅에 진흙처럼 쌓여 있습니다." 하였다.

공주가 듣고 매우 놀라 이르기를 "이것은 천하의 큰 보물입니다. 그대가 지금 금이 있는 곳을 알면 이 보물을 부모님이 계신 궁전으로 보내는 것이 어떻겠습니까?" 하였다. 서동이 이르기를 "좋습니다." 하여 금을 캐서 산처럼 쌓아 용화산 사자사 지명법사에게 가서 금을 옮길 계책을 물었다.

지명법사가 이르기를 "내가 신력으로 옮길 수 있으니 금을 가져오십시오." 하였다. 공주가 글을 써서 금과 함께 사자사 앞에 두니 법사가 신력으로 하룻밤에 신라 궁중으로 보냈다. 진평왕이 그 신기한 변화를 기이히 여겨 더욱 존경하였으며 항상 편지를 보내 안부를 물었다. 서동이 이로 말미암아 인심을 얻어 왕위에 올랐다. 번역: 필자

무왕은 향가 〈서동요〉의 작가다. 그의 어렸을 적 이름이 서동이다. 그의 이름은 '장'이다. 과부였던 어머니가 못의 용과 교통

해서 낳았다고 한다. 사람이 용과 교통할 수는 없다. 용은 상상의 동물이다. 실존하지 않는 존재와 서동의 어머니가 교통할 수는 없다. 용을 왕족으로 해석하기도 한다. 그렇게 하면 서동은 왕족의 사생아가 된다. 무왕의 전기를 쓰면서 굳이 그렇게 할 필요가 있을까?

용은 고대어로 '미르'다. 이것은 중심을 나타내는 우리말 'ᄆᆞᆯ' 또는 'ᄆᆞᄅᆞ'와도 통하는 말이다. 단군신화에서 '검'이나 'ᄀᆞᆷ'을 표기하기 위해 한자 '熊'을 빌리고, 김수로왕신화에서 '검'을 표기하기 위해 한자 '龜'를 빌렸듯이 '말'이나 'ᄆᆞᄅᆞ'를 표기하기 위해 '미르'인 '龍'을 빌린 것이라 볼 수 있다. '말'이나 'ᄆᆞᄅᆞ'는 오방 체계 표현에서 '중앙'을 나타내는 지명에 쓰인다.

그런 관점에서 보면 서동의 어머니가 용과 교통하여 그를 낳았다는 서술은 그가 '세계의 중심'에서 태어났다는 뜻이 된다. 세계의 중심은 입사식이 치러지는 곳이다. 서동은 입사식을 통해 세계의 질서를 아는 존재로 태어난 것이다. 그것을 생물학적 탄생으로 설명하기 위해 어머니가 용과 교통하여 서동을 낳았다고 묘사한 것이다.

그가 어렸을 때부터 기량을 측량하기 어려웠다는 것은 주몽이 어려서부터 활을 잘 쏘았고 말을 잘 알아보았다는 것과 통한다. 또한 수로왕이 태어나 열흘이 지나 구 척 장신이 되었다는 묘사와도 유사하다.

하지만 서동은 신이 아니다. 그가 신화의 주인공이었다면 그는 태어나자마자 능력을 발휘하고 비전을 성취하는 인물이어야 한다. 하지만 무왕전기는 신화에서 이미 멀어진 전기 문학이다.

그의 탄생은 신의 탄생이 아닌 인간의 탄생으로 묘사된다. 그는 알에서 태어나지 않고 어머니에게서 태어난다. 비록 기량은 측량하기 어려운 인물이지만 구체적인 능력을 발휘하지는 못한다. 서동은 성장과 학습이 필요한 존재다. 알에서 태어난 인식적 탄생이 아니라 어머니에게서 태어난 아이이기 때문이다.

서동의 본래 이름은 '장'인데 어려서부터 마를 캐고 살아서 '서동'이라 했다고 한다. 서동이 캔 것은 하필 '마'다. '마' 역시 '뭍' 또는 'ᄆᆞᄅᆞ'와 닮은 말이다. 서동이 마를 캔 곳도 곧 '세계의 중심'이라 할 수 있다. 세계의 중심에서 태어난 서동, 세계의 중심에서 마를 캔 서동. 그가 마를 캔 곳인 세계의 중심에는 '금'이 묻혀 있었다. 이 금은 무엇일까?

서동이 금을 캐서 왕의 사위로 인정받기 전에 했던 가장 중요한 일은 선화공주를 만나 그와 결합하는 것이었다. 그는 선화공주가 아름답기 짝이 없다는 정보를 듣고 국경을 넘는다. 아이들에게 마를 나누어주며 노래를 가르쳤다고 한다. 그 노래가 바로 〈서동요〉이다.

《삼국유사》 원문을 보면 선화공주가 서동을 밤에 몰래[卯乙] 안고 가는 것으로 해석할 수도 있고, 밤에 알을[卵乙] 안고 간 것으로 해석할 수도 있다. 왜 이런 대목에 굳이 '알'이 등장하는 것일지 생각해 볼 필요가 있다. 서동이 세계의 질서를 깨달아 아는 존재로 성숙하기 위해서는 선화공주가 필요한 것이다.

흔히 〈서동요〉를 로맨틱한 이야기의 삽입곡처럼 생각한다. 아름다운 공주를 얻기 위해 국경을 넘은 이국의 남자라는 설정만으로도 이미 낭만적이다. 그가 황당한 내용의 노래를 퍼뜨려 목적을 달성했으니 로맨스 드라마의 OST로 쓰기에 적절해보인다.

하지만 잠시만 생각해도 이 이야기는 로맨스가 아니라는 것을 알 수 있다. 문자 그대로 해석해도 두 사람은 서로 만난 적이 없는 관계다. 선화공주는 서동의 모함으로 억울한 유배를 당한다. 유배를 떠나던 길에서 만난 남자와 하룻밤을 지낸다. 그러고 나서야 비로소 그의 이름을 알게 된다. 자신을 곤경에 빠뜨린 사람을 원망하지 않고 함께 산다는 설정은 스톡홀름 증후군을 연상하게 한다. 하지만 선화공주는 오히려 노래의 영험함을 알았다고 한다. 그러니 이 이야기는 절대 로맨스가 아니다.

서동은 선화공주를 만나 금을 알고 금을 캔다. 그 이전에는 마를 캐는 곳에 진흙처럼 쌓인 금이 무엇인지도 몰랐다. 물론 금이 진흙처럼 쌓일 수도 없고 그것을 나물 캐듯 캘 수도 없다. 그러니 여기에서 서동이 캐는 금은 실제의 금이 아니다. 하필이면 그 금이 마를 캐는 곳에 있었다. 마를 캐는 곳이 '세계의 중심'이라면 금은 그 세계의 중심에서 캐는 어떤 것이다. 세계의 중심에서 얻을 수 있는 것은 그곳에 임하는 신적 존재, 즉 '세계의 질서'가 된다. 서동은 선화공주를 만나고 나서야 세계의 질서를 획득한다.

서동에게 선화공주는 새로운 존재로 거듭나기 위한 필수적 존재다. 서동은 선화공주를 만나 비로소 온전한 입사식을 마치고 세계의 질서를 깨달아 새로운 존재로 거듭난다. 그제야 비로소 나라를 다스리는 왕이 된다. 어찌 보면 서동이 선화공주를 선택한 것이 아니라 선화공주가 서동을 선택한 것이다. 선화공주를 만나지 않은 서동은 온전한 존재가 아니기 때문이다.

왕검은 웅녀를 통해 세상에 나와 나라를 세우고, 주몽은 유화를 통해 알로 깨어나 고구려를 세운다. 서동은 다르다. 무왕전기가 신화였다면 서동의 어머니가 용과 교통하여 서동을 낳은 즉시 그는 자리에서 일어나 나라를 세우고 왕이 되었을 것이다. 그는 신이 아니다. 신과 같은 능력의 영웅도 아니다.

전기 문학의 주인공 서동에게서 신의 냄새는 많이 사라졌다. 어머니가 용과 교통하여 낳았으나 그는 마를 캐어 생계를 유지하고 마를 통해 선화공주를 만나고 선화공주를 통해 금을 캐는 존재로 성장해야만 한다. 그렇게 성장하는 인간이 궁극적으로 자기 능력을 입증한 뒤에 비로소 왕이 되는 것이다. 이제 신화의 시대는 갔다.

**생각해볼 문제**

**1.** 무왕은 알로 태어나는 존재가 아니다. 하지만 그의 탄생에는 용이 개입되어 있다. 비정상적 출생의 모티브가 명백하다. 비정상적 출생은 영웅의 일대기에 필수적인 요소다. 중요한 인물은 일반인과 다르다는 인식, 그 출발점에 대한 묘사에 드러나는 차별성을 생각해 보자. 내가 아는 위인은 어떻게 태어났는가? 나는 어떻게 태어났는가?

**2.** 서동은 세계의 중심에서 금을 캐어 왕이 된다. 내가 비전을 이루기 위해 캐내야 할 나만의 금은 무엇일까?

# 평강공주의 결단 <온달 전기>

서동이 자신의 비전을 이루는 데 선화공주가 필수적이었다면 온달에게는 평강왕의 딸 평강공주가 그렇다. 《삼국사기》〈열전〉에 기록된 온달에 관한 내용은 다음과 같다.

온달은 고구려 평강왕 때 사람이다. 용모가 못 생겨서 우스울 정도였지만, 마음속은 환하고 똑똑하였다. 어리석고 매우 가난하여 항상 음식을 구걸해서 어머니를 봉양하였다. 너덜너덜한 옷을 입고, 해진 신발을 신은 채로 사람들이 모여 사는 곳을 왔다 갔다 하니, 당시 사람들이 그를 보고 '바보온달'이라고 하였다.

평강왕의 어린 딸은 잘 울었다. 왕이 놀리며, "너는 항상 울어서 내 귀를 시끄럽게 하는구나. 어른이 되면 사대부의 아내가 되기는 어렵겠다. 마땅히 '바보온달'에게 시집가야겠구나."라고 하였다. 왕은 늘 이처럼 말하였다. 딸이 16세가 되자 상부 고씨에게 시집보내려고 하였다. 공주가 말하기를 "대왕께서는 항상 말씀하시기를 '너는 반드시 온달의 아내가 되어야 한다.'고 하셨습니다. 지금 어찌하여 그 말씀을 고치려 하십니까? 평범한 사내조차도 식언을 하려 하지 않는데 하물며 임금께서는 어떻겠습니까! 그러므로 '임금은 실없는 말이 없다.'고 하였습니다. 지금 대왕의 명령은 잘못되었습니다. 저는 감히 명령을 받들 수 없습니다."라고 하였다. 왕이 화를 내며, "네가 나의 명령을 따르지 않는다고 한다면 진실로 나의 딸일 수 없다. 어찌 같이 살 수 있겠는가! 마땅히 네 갈 곳으로 가거라."고 하였다.

이에 공주는 값비싼 팔찌 수십 개를 팔꿈치에 걸고서 궁을 나와 홀로 갔다. 중략 느릅나무 껍질을 메고 오고 있는 온달을 보고 공주는 그에게 품은 생각을 이야기하였다. 온달은 얼굴빛을 바꾸며 "이는 어린 여자가 마땅히 할 행동이 아니니 분명히 사람이 아니고 여우 귀신일 것이다. 나에게 다가오지 마라."고 말하고 뒤도 돌아보지 않고 갔다. 중략 이에 값비싼 팔찌를 팔고 농지와 집, 노비 및 소와 말 그리고 그릇붙이를 구입하여 살림살이에 필요한 물품을 모두 갖추었다.

처음 말을 살 적에 공주가 온달에게 말하기를 "시장 사람들의 말을 사지 말고, 반드시 국마 중에서 병들고 쇠약해 내놓은 말을 골라서 사 오세요."라고 하였다. 온달은 그 말대로 하였다. 공주가 매우 열심히 길렀다. 말은 날마다 살찌고 건장해졌다.

고구려에서는 매년 봄 3월 3일마다 낙랑의 언덕에 모여 사냥하였는데, 잡은 돼지와 사슴으로 하늘과 산천의 신에 제사를 지냈다. 중략 이때 온달도 그동안 기른 말을 가지고 따라갔다. 온달은 말을 타고 달리는 데 항상 앞에 있었고, 사냥으로 잡은 동물 또한 많아서 비견할 만한 사람이 없었다.

후략 '한국사데이터베이스의 해석을 따름'

온달 전기의 내용이 '바보 사위 설화'의 원형이라고 보는 이론도 있다. 온달이라는 이름에 붙은 바보라는 수식어 때문일 것이다. 하지만 바보 사위 설화의 사위가 정말 바보 같은 언행을 반복하여 웃음을 주는 것과 달리 온달은 바보가 아니다. 사람들이 그를 부를 때 바보라고 했다는 표현은 나오지만, 온달 전기 전체에서 그가 바보처럼 어리석은 언행을 일삼는 부분은 전혀 나타나지 않는다. 그는 오히려 어린 공주를 꾸짖을 정도로 분별력이 있는 사람이었고 사냥에서도 탁월한 실력을 입증한 능력자였다. 전쟁에서 크게 이겨 공을 세우고 왕의 사위로 인정을 받는 온달에게서 바보의 느낌은 없다.

바보라는 표현은 그의 지능이 모자라거나 어리석다는 의미로 쓰인 수식어가 아니다. 오히려 그의 외모나 주변 환경을 비하하는 상황에서 나온 말이라고 보아야 할 것이다. 가난하고 배우지 못하여 늘 보잘것없는 외모의 우울한 모습으로 돌아다니던 그에게 사람들이 멸시와 천대를 담아 부르던 호칭. 그것이 한 마디로 '바보'라고 쓰였을 뿐이다.

모든 사람에게 바보라 불리며 왕까지도 그를 알고 있을 정도로 어리숙하고 무능한 존재로 보였던 온달이 나라의 장수가 되고 왕에게 사위로 인정받는다. 평강공주 덕분이다. 공주는 어릴 때부터 바보 온달에게 시집가라는 아버지의 말을 근거로 아버지와 대립하고 결국 왕궁을 떠난다. 온달의 집에 찾아와서 온달과 그 어머니를 설득한다. 가지고 나온 값비싼 팔찌로 살림을 마련한다. 말을 잘 골라 사들이게 하고 잘 길러낸다.

온달 전기에서 평강공주의 역할은 영웅의 일대기에 등장하는 주인공의 조력자를 닮았다. 신화의 주인공은 누구의 도움 없이 입사식을 통해 세계의 질서를 깨달아 자신의 비전을 성취한다. 하지만 전기의 주인공은 신이 아니다. 그는 인간으로서 인간 사회의 중요한 지도자가 되기 위한 일련의 과정을 수행해야 한다.

온달은 결국 전쟁에서 공을 세우고 대형이 된다. 그가 전쟁에서 선봉에 설 수 있게 된 계기는 낙랑의 언덕에서 있었던 제사 때문이었다. 3월 3일에 낙랑의 언덕에서 사냥하고 하늘과 산천에 제사하는 대회. 그 대회에서 온달은 가장 많은 동물을 잡았다. 그것이 그를 바보에서 장군으로 전환하게 만든 공식적인 계기가 된다.

온달이 능력자로 공식적인 모습을 보이는 3월 3일의 대회. 그날은 산천에 제사하는 날, 곧 국가적인 입사식이 있는 날이다. 온달은 입사식을 통해 자기 능력을 입증하고 바보에서 대형으로 거듭난다. 바보와 대형은 온달의 입사식 전후의 모습을 선명하게 보여주는 표현이다. 바보로 취급받던 온달이 입사식을 통해 자기 능력을 입증하고 장군이 되는 것.

바보 사위 설화에 등장하는 사위들은 대부분 시작부터 끝까지 바보의 모습으로 일관한다. 때로는 그 언행의 어리석음이 비정상적이어서 어떻게 사람 노릇을 할 수 있을까 염려스러울 정도이다. 그들의 그런 과장된 어리석음은 어쩌면 입사식에 참여했다가 실패한 자들의 모습을 희화화하기 위한 것은 아닐까?

많은 장군 후보들이 삼짇날의 대회에서 입사식을 치렀으나 거기에서 실패하고 인정받지 못한 낙오자들은 바보 사위 설화의 주인공으로 전락하여 지속해서 사람들의 웃음거리가 되고, 입사식에 성공한 온달은 장수가 되어 구국의 영웅으로 거듭나는 것이다.

온달이 신화의 주인공이었다면 그는 낙랑의 언덕에서 태어나 즉시 능력을 인정받고 자신의 비전을 성취했을 것이다. 신화가 사라진 시대, 전기 문학의 주인공 온달은 입사식을 치르기 이전 결핍의 존재로 고통받는 나약한 모습을 보인다. 그를 구원할 조력자인 평강공주를 만나 비로소 궁핍과 결핍에서 벗어나 자기 능력을 발휘할 기회를 얻게 된다. 그가 조력자를 만나 성장하는 일련의 과정은 수많은 전기 문학의 주인공이 겪는 학습과 수행의 과정으로 반복된다.

우리가 아는 대부분의 전기가 그렇다. 주인공들은 모두 뭔가 결핍된 상황에서 희망 없는 삶을 사는 약자의 모습으로 등장한다. 그러다가 어떤 조력자를 만나서, 혹은 어떤 극적인 학습을 통해서 자기 환경을 극복하고 난세의 영웅처럼 드러난다. 마치 지독한 가난 속에서 바보로 불리던 온달이 평강공주를 만나서 장군으로 거듭나듯이.

온달은 전기 문학의 주인공이지만 그의 이야기에는 여전히 신화의 흔적이 남아 있다. 온달이 새로운 세계의 질서를 이끄는 인물로 등장하기 위해 공주는 지모신과 같은 역할을 한다. 공주는 낡은 질서의 표상이라 할 수 있는 아버지 평강왕과 대립한다. 그가 자발적으로 찾아 들어간 온달의 오두막은 일종의 입사식 공간이다. 서동이 마를 캐던 곳에서 금을 캐내어 왕에게 인정받았던 것과 같이 평강공주는 금을 팔아 살림 환경을 윤택하게 뒤바꾼다. 유화가 주몽을 가르치듯 말을 고르는 지혜를 빌려주어 온달을 돕는다. 온달이 진정한 주인공이 되기 위해 평강공주는 필수적인 요소이다.

신화의 주인공이 세계의 질서로 거듭나기 위해 반드시 결합하는 대지, 곧 지모신의 표상이다. 전쟁에서 죽어 돌아온 온달의 관이 움직이지 않다가 공주의 말을 듣고서야 비로소 움직이게 되었다는 서술에서도 평강공주는 대지의 질서, 지모신의 표상처럼 활동한다. 신화가 사라진 시대의 주인공 온달은 죽은 후 관에 담겨 땅에 묻힌다. 모든 생명이 땅에서 나서 땅으로 돌아가듯이.

## 생각해볼 문제

**1.** 위인전에 반복적으로 나오는 주인공의 고난과 극복의 구조는 결국 신화에서 시작한 입사식 구조를 따르는 것이다. 자신이 알고 있는 위인전의 주인공이 고난을 극복하는 과정을 정리해보자.

**2.** 온달의 입사식 장소인 삼짇날 낙랑의 언덕은 김수로왕의 구지봉, 박혁거세왕의 알천 언덕, 왕검의 태백산, 주몽의 웅신산 등과 연결되는 공간으로 '세계의 중심'이 된다. 다른 서사문학에서도 이러한 공간을 찾을 수 있는지 확인해보자.

# 별의 꿈으로 낳은 아이 <김유신 전기>

몇몇 무협 웹툰을 보면 주인공이 무공 수련을 위해 스스로 동굴 안에 갇히는 장면이 나온다. 무협지에서 파생된 장면일 것이다. 어떤 웹툰에서는 갇힌 굴이 매우 크고 넓어서 무공 수련에 적합한 곳처럼 보이기도 한다. 하지만 대부분의 수행은 비좁은 공간에 홀로 갇혀 이루어지는 내공 수련으로 묘사된다. 무공을 알지 못하는 처지에 내공이나 외공의 수련에 구체적으로 어떤 비법이 동원되는지 설명할 수는 없다.

하지만 상식적인 차원에서 늘 궁금한 점은 있다. 아무도 모르는 절실한 기도를 드리는 것이거나 은밀하게 배워야만 하는 비법이 아니라면 굳이 무공 수련을 어둡고 비좁은 동굴에 갇혀서 할 이유가 있을까 하는 점이다. 근육의 발달에도 도움이 되지 않을 것이고 햇볕을 쬐지 못해 비타민 공급도 원활하지 않을 것이다. 그런데 동굴에 갇힌 수행을 끝낸 주인공은 무공의 수준이 월등하게 높은 단계로 변모하여 돌로 된 입구를 무너뜨리며 화려하게 귀환한다.

무협 웹툰의 주인공이 수행하는 동굴 수행의 원조는 〈단군 신화〉의 곰보다는 오히려 김유신이 아닐까? 특히 그는 탄생과 관련하여 신비로운 기사가 유난히 많은 인물이기도 하다. 이제까지 살펴본 바와 같이 신화의 주인공은 알에서 태어나거나 곰이 낳거나 땅에서 솟아나는 방식으로 기술된다. 주인공이 겪는 입사식의 표현 방식이다. 그 각각의 의미와 무관하게 신화의 서술 방식을 따르는 서사문학은 주인공의 탄생에 비정상적 요인을 삽입한다. 《삼국사기》〈열전〉에 나오는 김유신 전기를 보자.

일찍이 서현이 길에서 갈문왕 입종의 아들인 숙흘종의 딸 만명을 보고, [사랑하는] 마음을 품어 눈짓으로 [그녀를] 꾀어 중매를 거치지 않고 야합하였다. 서현이 만노군태수가 되어, [만명과] 함께 [임지로] 가려하니, 숙흘종이 비로소 딸이 서현과 야합한 것을 알고, [그녀를] 미워하여 별채에 가두고 사람을 시켜 지키게 하였다.
갑자기 별채의 문에 벼락이 쳐서 지키는 사람들이 놀라 어지러워했다. 만명은 뚫린 구멍으로 빠져나와, 마침내 서현과 함께 만노군으로 갔다. 서현이 경진일 밤에 형혹성 화성 과 진성 토성 이 자신에게 내려오는 꿈을 꾸었다. 만명 역시 신축일 밤에 꿈속에서 황금 갑옷을 입은 어린아이가 구름을 타고 집 안으로 들어오는 것을 보았다. [그녀는] 얼마 안 있어 임신하고, 20개월만에 유신을 낳았다. 이때가 진평왕 건복 12년이요, 수나라 문제 개황 15년 을묘였다. 중략
진평왕 건복 28년 신미에 공의 나이는 17세였다. [공은] 고구려와 백제, 말갈이 나라의 강역을 침범하는 것을 보고 비분강개하여 침입하는 외적

을 평정할 뜻을 품었다. 홀로 중악의 석굴에 들어가 재계하고 하늘에 맹세하기를, "적국이 무도하여 승냥이와 범처럼 우리의 강역을 어지럽혀 평안한 해가 거의 없습니다. 저는 한낱 보잘것없는 한미한 신하로서 재주와 힘을 헤아리지 않고 재앙과 난리를 없애고자 하는 뜻을 품었사오니, 하늘께서 굽어살피시어 저에게 도움을 주시옵소서."라고 하였다.

〔석굴에〕 머문 지 4일이 지나 홀연히 한 노인이 거친 베옷을 입고 나타나 말하기를, "여기는 독충과 맹수가 득실거리는 무서운 곳이다. 귀한 소년이 여기에 와서 혼자 있는 것은 무엇 때문인가?"라고 하였다. 〔유신이〕 대답하여 말하기를, "어르신께서는 어디서 오셨습니까? 존함을 가히 들을 수 있겠습니까?"라고 하였다. 노인이 말하기를, "나는 일정하게 머무는 곳이 없고 인연에 따라가고 머물며 이름은 난승이다."라고 하였다. 공이 이 말을 듣고, 〔그가〕 보통 사람이 아님을 알았다. 〔그에게〕 두 번 절하고 나아가 말하기를, "저는 신라 사람입니다. 나라의 원수를 보니 마음이 아프고 머리에 근심이 가득 차서 일부러 이곳으로 와 〔귀한 인연을〕 만나기를 바랐습니다. 엎드려 바라옵건대 어르신께서 저의 정성을 가엽게 여기셔서 방술을 가르쳐주시옵소서."라고 하였다.

노인은 잠자코 말이 없었다. 공이 눈물을 흘리며 간청하기를 그치지 않고 예닐곱 번이나 하였다. 노인이 그제야 이르기를, "그대는 나이가 아직 어린데도 삼국을 병합할 뜻을 품었으니 또한 장하다 하지 않으랴."라고 하고, 이윽고 비법을 가르쳐주고 말하기를, "삼가 함부로 전하지 말라. 만약 의롭지 않은 일에 쓴다면, 도리어 재앙을 받을 것이다."라고 하였다. 말을 마치고 작별하였는데, 〔노인이〕 2리쯤 갔을 때 쫓아가 바라보았으나 〔노인은〕 보이지 않고, 오직 산 위에 오색 찬란한 빛만이 비출 뿐이었다. 후략

'한국사데이터베이스의 해석을 따름'

김유신은 김수로왕의 12대 후손이다. 영웅의 일대기 구조에서 '고귀한 신분'이라는 조건을 갖춘 셈이다. 아버지 '서현'이 왕가의 딸 '만명'을 꼬드겨 비정상적인 방법으로 결혼하였다. 이런 부분은 해모수가 유화와 만나 부모의 허락 없이 결혼했다는 〈주몽 신화〉의 내용과 닮았다. 김유신이 신화의 주인공이었다면 아버지 서현과 어머니 만명의 만남 직후에 알로 태어나는 장면이 등장했을 부분에 '기이한 탄생'의 화소가 나타난다. 갇혀 있던 만명의 별채에 벼락이 떨어져 빠져나온다는 대목, 별이 내려오는 꿈과 황금갑옷을 입은 어린아이의 꿈을 꾸고 잉태했다는 대목 등이 그것이다.

《삼국유사》에는 김유신이 해, 달, 화성, 수성, 목성, 금성, 토성 등 칠요七曜의 정기를 타고나 등에 칠성 무늬가 있었다고 기록되어 있다. 또 적국인 고구려의 복술가 '추남'이 억울하게 죽어 김유신으로 환생했다는 이야기도 등장한다. 신화의 주인공이 보여주는 입사식을 통한 인식적 탄생의 묘사가 어머니를 통한 생물학적 탄생으로 바뀌면서 신비한 요소가 태몽이나 환생 등의 다양한 방식으로 변이되어 나타나는 현상이다.

김유신 전기에는 신화에 없는 태몽 화소가 등장한다. 신화의 주인공은 세계의 질서를 표상하는 아버지와 세계의 질서를 받아들이는 지모신을 표상하는 어머니의 결합으로 태어난다. 그와 달리 전기의 주인공은 어머니를 통한 생물학적 탄생을 한다. 이때 신화적 구조에서 등장하는 세계의 질서와 지모신의 결합을 드러낼 방법이 모호해진다. 태몽은 그 모호함을 해결할 한 가지 방법이 될 수 있다.

전기 문학에서는 입사식 당사자가 그의 정신이 '세계의 질서'가 되고 그의 몸이 '질서를 받아들이는 대지'가 되는 신화적 방식의 묘사가 어렵다. 그러니 생물학적 아버지나 어머니가 세계의 질서를 받아들이는 과정을 포함하기 위해서 태몽을 꾸었다는 방식으로 표현하는 것이다. 아버지나 어머니가 꾼 꿈은 정신적 측면에서 이루어진 일이다. 그 꿈이 온 곳은 어디인가? 육체를 가진 몸이 아닌 정신적 차원의 일, 신이 베풀어 준 은총이 되는 셈이다. 직접 세계의 질서를 받아들이지 않더라도 그런 과정을 거친 부모의 결합으로 태어났다는 묘사를 통해 주인공에게 신성성을 부여할 수 있게 된 것이다.

태몽이나 환생 등의 표현은 신화적 서사 구조를 적절히 변형한 서사문학의 전개 방식이라 하겠다. 이 방식은 이후 많은 서사문학의 주인공에게 반복적으로 나타나는 요소가 되기도 한다. 물론 태몽은 일상의 삶에서 빌려온 소재이기도 하다. 실제로 많은 사람이 아이를 가지기 전후로 태몽을 꾼다. 꿈은 그저 꿈일 뿐이다. 그것을 태몽으로 해석하고 아들이나 딸을 낳을 것이라 예견하는 것은 사람들이다. 사람들의 인식 체계에는 신화시대의 사고방식이 남아있다.

아이는 어머니와 아버지가 낳는 것이지만 실제 그 아이가 오는 곳은 육체적 차원이 아니라는 인식이다. 아이는 사람의 몸을 빌려 이 땅에 오는 것뿐이다. 실제로 아이가 오는 곳은 이곳과 다른 저곳, 하늘의 질서가 조성되는 어디이다. 신화시대 이후의 사람들은 그런 공통의 인식 체계를 공유하게 되었다. 태몽이 자연스럽게 받아들여지는 까닭이다.

신화의 주인공은 입사식을 마치면 곧바로 세계의 질서를 깨달아 아는 자로 태어나는 것으로 묘사된다. 하지만 전기의 주인공은 아버지와 어머니의 결합을 통해 생물학적으로 탄생한다. 태어남과 동시에 비전을 이루는 신화의 주인공이 아니기에 태어난 이후 성장하는 동안 주인공이 어떻게 비전 실현의 능력을 얻게 되었는지 설명할 필요가 생긴다. 김유신 전기가 취한 방식은 그가 석굴에 들어가 기도하는 것이다. 마치 무협 웹툰의 주인공들이 그렇게 하듯이.

김유신의 나이 17세에 외적을 평정할 뜻을 품었다. 그리고 석굴에 들어가 기도한다. 기도한 지 4일이 되자 '난승'이라는 노인이 나타난다. 노인은 김유신의 간청을 듣고 삼국을 병합할 비법을 알려준 뒤 홀연히 사라진다. 김유신이 기도를 위해 들어간 석굴은 대표적인 입사식 공간이다. 그가 스스로 들어가 갇혀 있던 석굴의 이미지는 곰이 사람이 되려고 갇혀 있던 햇빛 들지 않는 굴, 유화가 주몽을 잉태하기 위해 갇혀 있던 방, 김수로와 김알지와 석탈해가 갇혀 있던 궤, 양을라 고을라 부을라의 배필들이 갇혀 있던 돌함의 연장선이다. 그와 마찬가지로 오시리스가 갇혀 있던 나무 관, 모세가 갇혀 있던 갈대 상자, 요나가 갇혀 있던 물고기 배 속, 예수가 갇혀 있던 동굴과 서로 통하는 신화적 성격을 가진다. 이런 이미지는 서사문학에서 끝없이 찾아낼 수 있다.

이전 세계에서 단절되어 시련이나 고난을 겪고 새로운 세계로 편입한다는 입사식 구조를 생각해 볼 때 김유신은 삼국 병합의 능력을 입사식 공간인 석굴에서 얻은 것이라 하겠다. 전기 문학의 주인공은 바쁘다. 신비한 요소가 가미된 생물학적 탄생에 이어 입사식의 수련 과정을 통한 능력 개발과 과업의 완성이라는 과제까지 안고 있기 때문이다. 서사문학이 발전하면서 주인공은 점점 더 복잡하고 어렵고 바쁜 일정에 쫓기게 된다. 그것이 결국 인간의 삶이다.

**생각해볼 문제**

**1.** 김유신 전기에는 태몽, 환생, 비현실적 인물의 도움 등 다양한 전기적傳奇的 요소가 등장한다. 이런 요소들은 결국 고소설의 출현을 예고하는 것이기도 하다. 현대의 실제 위인전에서도 전기적 요소를 찾아볼 수 있을까?

**2.** 자신의 탄생과 관련한 태몽이나 전기적 이야기는 없는지 알아보자. 탄생에 따르는 태몽은 왜 생겨났을지 생각해보자.

# 눈을 잃은 미륵 〈궁예 전기〉

전기 문학의 주인공이 모두 성공한 인물로만 그려지는 것은 아니다. 때로는 비전 실현에 실패한 인물도 있고, 오히려 지독한 악역으로 그려지는 인물도 있다. 그중 하나가 궁예일 것이다.《삼국사기》〈열전〉에 나온 궁예의 전기 중 앞부분만 읽어보면 다음과 같다.

궁예는 신라인으로 성은 김씨이다. 아버지는 제47대 헌안왕 의정이며 어머니는 헌안왕의 후궁이었는데 그 성과 이름은 전하지 않는다. 혹은 제48대 경문왕 응렴의 아들이라고도 한다.
5월 5일에 외가에서 태어났다. 그때 지붕 위에 흰빛이 있어 마치 긴 무지개가 하늘로 뻗쳐오르는 것 같았다. 일관이 아뢰기를 "이 아이는 중오일에 태어났고 나면서부터 이가 있었으며 또 광염이 이상하였습니다. 아마도 장래에 국가에 이롭지 못할 것이오니 마땅히 그를 기르지 마십시오."

라고 하였다.
왕이 중사에게 명하여 그 집에 가서 그를 죽이도록 하였다. 사자가 포대기 안에서 빼앗아 그를 다락 아래로 던졌다. 유모인 여자 종이 몰래 그를 받았는데 잘못하여 손으로 눈을 찔러 한쪽 눈을 멀게 하였다. 안고 도망가서 고생하며 길렀다.
나이가 10여 세가 되었는데 장난을 그치지 않았다. 그 여종이 그를 깨우쳐 말하기를 "너는 태어나면서 나라로부터 버림을 받았는데 내가 차마 [그냥 두지] 못하여 몰래 길러 오늘에 이르렀다. 그런데 네 경망함이 이와 같으니 반드시 남들에 의해 [정체가] 알려지게 될 것이고 그렇게 되면 나와 너 모두 [죽음을] 면할 수 없을 것이니 이를 어찌하겠느냐?"라고 하였다. 궁예가 울면서 말하기를 "만약 그렇다면 제가 떠나 어머니의 걱정거리가 되지 않겠습니다."라고 하였다.
곧 세달사에 갔는데 지금의 흥교사이다. 머리를 깎고 승려가 되었는데 스스로 선종이라는 법호를 지었다. 커서는 승려의 계율에 구애받지 않았으며 기개가 높았고 담력이 있었다. 일찍이 재에 참석하려고 가는데 까마귀가 물건을 물고 있다가 들고 있는 바리때 안에 떨어뜨렸다. 그것을 보니 상아로 만든 점대에 '왕'자가 쓰여 있었다. 곧 비밀로 하고 말하지 않았으나 자못 자부하였다. 후략 '한국사데이터베이스의 해석을 따름'

궁예는 왕의 아들이다. 하지만 후궁에게서 태어났다. 음력 5월 5일에 태어난다. 양의 숫자가 겹치는 중오일重午日이다. 양의 숫자가 겹치는 날은 양기가 왕성하여 좋은 날이다. 하지만 중국의 기록에 따르면, 이날에 태어난 사람이 부모를 해친다는 속설이 있다고 한다. 왕의 아들이 탄생한 이야기에 굳이 중국 속설을 끌어들여 해석할 까닭은 없어 보인다.

5월 5일은 단옷날로 예로부터 양기가 가장 왕성한 날이라 하여 민속 풍습도 많은 날이다. 〈춘향전〉에서도 이도령과 춘향은 단옷날에 만난다. 가장 양기가 왕성한 좋은 날이니 주인공이 만나 인연을 맺을 수밖에 없는 이야기 구조가 자연스럽게 연결된다. 이날을 굳이 상서롭지 못한 날로 해석하기에는 뭔가 어울리지 않는 부분이 있다.

궁예는 좋은 날에 태어났다. 그런데 태어나면서 이가 있었다고 한다. 이가 있었다는 것이 나쁜 징조라는 근거는 어디에도 없다. 지붕에서 흰빛이 무지개처럼 뻗쳐오르는 징조도 있었다고 한다. 이 역시 나쁜 징조라고 해석할 근거는 없다. 오히려 진귀한 징조라고 볼 수도 있을 것이다. 하지만 천문과 점복을 담당하는 관원이었던 일관은 이것이 모두 상서롭지 못한 징조라고 단언한다. 왕은 일관의 그 말만 듣고 곧바로 아이를 죽이라는 명령을 내린다. 뭔가 자연스럽지 않다.

어머니가 갇혀 있던 별채의 문에 벼락이 떨어지고 아버지와 어머니 모두에게 기이한 태몽이 나타나고 임신 후 20개월 후에야 낳았다는 김유신과 비교해보자. 누가 더 기이하고 어느 쪽이 더 상서롭지 못한가?

양의 숫자가 겹치는 3월 3일의 대회에서 사냥을 잘한 온달의 전기와 비교해보자. 삼짇날의 대회는 좋은 것이고 단옷날의 탄생은 좋지 않다고 해석할 근거는 없다. 어느 쪽의 징조는 특별하고 어느 쪽의 징조는 불길하다고 말할 근거는 어디에도 없다. 하지만 궁예의 탄생과 관련한 징조들은 모두 불길하여 장래 국가에 이롭지 못한 것으로 해석된다. 그 해석만으로 궁예는 태어나자마자 죽어야 할 운명에 처한다. 그 기구한 운명으로 인해 한쪽 눈마저 잃는다.

태어나면서 기이한 징조가 많았던 궁예는 어려서부터 장난이 심해 유모에게 꾸지람을 듣는다. 그런데 10여 세의 나이에 저지르는 장난이 얼마나 심해야 유모가 정체가 탄로나 죽을 수도 있다며 꾸지람을 한 것인지 이해하기 어렵다. 그 꾸지람 때문에 집을 나가 절에 들어가 중이 되었다고 한다. 하지만 까마귀가 떨어뜨린 점대에 쓰인 '왕'이라는 글자를 보고 야심을 품어 결국 후고구려를 세운다.

왕이 된 이후에는 스스로 '미륵불'이라 칭하고 자기 아들 둘을 각각 '청광보살', '신광보살'이라 하였다. 하지만 그는 결국 폭정을 일삼다가 자기에게 간언하는 아내마저 간통 혐의로 잔인하게 살해하고 두 아들까지 죽인다. 궁예가 정말 그렇게 잔인한 통치자였는지 알 수 없다. 왜냐하면 이 모든 내용은 궁예를 몰아내고 고려를 세운 왕건의 세계에서 기록한 것이기 때문이다.

궁예와 관련한 모든 상황이나 기록은 신하였던 왕건이 자기가 모시던 왕 궁예를 몰아내고 스스로 고려를 세운 이후에 남겨진 기록이다. 신하가 부득이 혁명을 일으킬 수밖에 없었다는 상황 설정은 필수적이었을 것이다. 그러니 혁명의 대상이 되는 궁예에 관한 모든 기록은 부정적일 수밖에 없겠다. 여기에서는 정치적 색채를 지우고 전기 문학의 입장에서만 궁예의 기록을 보자.

궁예는 후고구려를 세운 왕이다. 한 나라를 세운 지도자의 일대기를 그릴 때 서사의 모범은 당연히 신화의 구조를 따르게 된다. 궁예 역시 신화의 구조를 따라 입사식을 통해 지도자가 되는 과정을 그려야 한다. 신화시대였다면 입사식을 통해 즉시 신적 능력을 발휘하는 모습이 그려졌을 것이다. 하지만 전기 문학이 등장하는 시기에는 모두가 생물학적 탄생을 하는 것으로 그려진다. 그러니 궁예는 용이나 별이 아닌 왕의 아들로 태어난다. 김유신이 왕의 후손으로 태어난 것처럼.

양의 수가 겹치는 중요한 날인 중오일에 태어난다. 온달이 양의 수가 겹치는 삼짇날의 입사식에서 사냥으로 능력을 입증하고 장군으로 태어난 것처럼. 나면서부터 어른처럼 이가 있었다. 세계의 질서를 아는 자로 태어났던 신화 주인공들이 알에서 태어나 곧바로 어른과 같은 능력을 발휘한 것처럼. 지붕에서 흰빛이 뻗쳤다. 하늘에서 오는 질서와 땅의 결합을 보여주기 위한 상징처럼.

궁예의 전기는 정치적 이유로 인해 뭔가 불손한 조짐을 안고 태어난 존재를 설명하고는 있으나 기본적인 구조에서 신화를 따를 수밖에 없음을 확인하게 된다. 궁예의 탄생은 신화적 탄생 구조의 생물학적 탄생 변형인데 거기에 일관의 해석이라는 정치적 견해가 섞인 것이다. 궁예가 보여준 미륵 신앙이 평화 지향의 사상이라는 해석도 있는 요즘 무조건 궁예를 악역으로 만드는 해석은 부당해보이기도 한다. 하지만 현대의 위인전도 후대의 정치적 판단이나 의도에 따라 선악이 갈리는 상황이 많으니 억울한 것은 궁예만이 아닐 것이다.

### 생각해볼 문제

**1.** 같은 인물이 그를 보는 관점이나 정치적 견해에 따라 다르게 평가되는 경우가 있는지 사례를 찾아 설명해보자.

**2.** 궁예는 한쪽 눈을 잃은 사람이다. 신체적 결함이 사람에 대한 평가에 잠재적으로 미치는 부정적 영향에 대해 생각해보자.

# 지렁이가 낳은 왕 〈견훤 전기〉

궁예가 그랬듯이 견훤 역시 성공한 왕은 아니었다. 후백제를 세우긴 했으나 끝까지 그 나라를 지키지 못한 실패한 왕, 견훤에 관한 기사는《삼국사기》와《삼국유사》에 모두 나온다. 다만 전기 문학을 살펴보는 측면에서 사건 기술에 집중한《삼국사기》의 기록이 아닌《삼국유사》의 기록을 살펴보고자 한다. 견훤의 탄생에 관한《삼국유사》의 기록은 다음과 같다.

《고기古記》에는 이렇게 말했다.
"옛날에 부자 한 사람이 광주 북촌에 살았다. 딸 하나가 있었는데 자태와 용모가 단정했다. 딸이 아버지께 말하기를, '매번 자줏빛 옷을 입은 남자가 침실에 와서 관계하고 갑니다'라고 하자, 아버지가 말하기를, '너는 긴 실을 바늘에 꿰어 그 남자의 옷에 꽂아 두어라'라고 하니 그대로 따랐다. 날이 밝자 실을 찾아 북쪽 담 밑에 이르니 바늘이 큰 지렁이의 허리에 꽂혀 있었다.
이로 말미암아 아기를 배어 한 사내아이를 낳았는데 나이 15세가 되자 스스로 견훤이라 일컬었다. 경복 원년 임자에 이르러 왕이라 일컫고 완산군에 도읍을 정하였다. 나라를 다스린 지 43년 청태 원년 갑오에 견훤의 세 아들이 반역하여 견훤은 태조에게 항복하였다. 아들 금강이 즉위하여 천복 원년 병신에 고려 군사와 일선군에서 싸웠으나 후백제가 패배하여 나라가 망하였다"고 하였다.
처음에 견훤이 나서 포대기에 싸였을 때, 아버지는 들에서 밭을 갈고 있었다. 어머니가 아버지에게 밥을 가져다주려고 아이를 수풀 아래 놓아두었더니 호랑이가 와서 젖을 먹이니 마을 사람들은 이 말을 듣고 이상하게 여겼다. 아이가 장성하자 몸과 모양이 웅장하고 기이했으며 지기가 크고 기개가 있어 범상치 않았다. 후략 '한국사데이터베이스의 해석을 따름'

견훤의 탄생에는 이른바 〈야래자 설화〉의 원조 격이라 할 수 있는 이야기가 들어 있다. 밤에 찾아온 남자의 이야기에서 신화적 성격을 찾을 수 있을까? 신화의 입사식 구조를 여기에서도 찾아볼 수 있을까?

이 사건이 일어나는 시간은 밤이다. 밤은 혼돈의 시간이다. 아직 새로운 질서가 갖추어지지 않은 상징의 시간이다. 성서 〈창세기〉에 등장하는 태초의 천지창조 역시 밤을 시작점으로 하루가 지난다.

하느님께서는 빛과 어둠을 나누시고 빛을 낮이라, 어둠을 밤이라 부르셨다. 이렇게 첫날이 밤, 낮 하루가 지났다.

하느님께서 그 창공을 하늘이라 부르셨다. 이렇게 이튿날도 밤, 낮 하루가 지났다.

하느님께서 보시니 참 좋았다. 이렇게 사흗날도 밤, 낮 하루가 지났다.

이렇게 나흗날도 밤, 낮 하루가 지났다.

이렇게 닷샛날도 밤, 낮 하루가 지났다.

엿샛날도 밤, 낮 하루가 지났다.

밤은 새로운 질서가 시작되는 시간이다. 또한 신화에서 입사식이 이루어지는 공간은 굴속이나 땅 밑 등으로 대부분 빛이 차단된 곳으로 묘사된다. 그곳은 밤의 시간이 깃든 공간인 셈이다. 밤은 혼돈의 시간이면서 동시에 창조의 시간이다. 밤에서 낮이 분리되면서 세상은 질서를 이루어 간다. 질서가 도래하기 직전의 시간이 밤이다. 그래서 남자는 혼돈의 밤에 찾아와 창조의 시간을 만든다.

여자는 남자가 찾아온다는 사실을 아버지에게 고한다. 아버지의 대응은 상식적이지 않다. 하나뿐인 딸에게 그런 말을 들었다면 당장 주변을 수색하거나 몰래 숨어 있다가 남자를 잡으려 할 것이다. 게다가 아버지는 부자라는 언급을 보면 그가 마음만 먹으면 일대를 샅샅이 뒤져 남자를 찾을 수 있는 상황일 것이다. 하지만 아버지의 방책은 전혀 상식적이지 않다. 바늘을 꽂으라니? 사실 밤마다 딸의 방에 찾아가는 남자는 외부의 어떤 존재가 아닌 아버지 자신이 아닐까?

이제 신화의 구조를 생각해보자. 아버지는 세계의 질서를 표상하는 존재다. 어머니는 질서를 받아들이는 대지의 표상이다. 세계의 질서가 대지에 내려와 새로운 천지창조를 하고 새로운 세계를 만드는 것이 신화의 구조이다. 부자 아버지에게 아내가 있다는 언급은 없다. 그러니 견훤은 세계의 질서를 상징하는 부자 아버지와 질서를 받아들이는 대지를 상징하는 딸의 결합을 통해 태어나는 신화적 존재인 셈이다.

하지만 신화시대는 갔다. 지금은 사람과 사람이 만나 결합하여 생물학적으로 태어나는 것이 지극히 합당한 시대이다. 그러니 아버지와 딸의 결합이란 입에 담을 수 없는 부도덕한 일이다.

그래서 세계의 질서를 표상하는 아버지는 명령을 내린다. 실을 꿴 바늘을 꽂으라고. 아버지는 자신이 내린 명령을 통해 그가 내린 명령과 등가적 관계가 된다. 이제 아버지의 명령을 수행하는 도구인 바늘은 아버지와 등가적 관계가 된다. 그래서 바늘로 대체된 아버지, 즉 세계의 질서는 지렁이의 허리에 꽂힌다. 아버지로 표상된 세계의 질서가 대지와 결합하는 순간이다.

지렁이는 대지의 표상이다. 야래자 설화에는 대체로 지렁이나 뱀이 등장한다. 지렁이나 뱀은 모두 땅을 기는 동물이다. 가장 땅에 가까운 동물이다. 성서 〈창세기〉에는 하와를 유혹한 뱀이 야훼의 저주를 받는 장면이 나온다.

> 네가 이런 일을 저질렀으니 온갖 집짐승과 들짐승 가운데서 너는 저주를 받아, 죽기까지 배로 기어다니며 흙을 먹어야 하리라.

사실 배로 기어다니며 흙을 먹는 것은 뱀이 아니라 지렁이다. 그러니 지렁이는 뱀이고 뱀은 지렁이인데 이들은 모두 대지를 의미하는 존재이다. 이들처럼 대지의 표상으로 적절한 존재는 없다. 지렁이는 땅에 사는 용이다. 그 스스로 대지를 표상하는 존재다. 이 대지에 세계의 질서가 내려오면 곧 지모신이 되어 새로운 존재를 잉태하고 낳게 되는 것이다.

애초에 견훤이 신화의 주인공이었다면 하늘에서 내려온 신적 존재가 땅에 사는 딸과 결합하여 알로 태어났을 것이다. 하지만 신화가 아닌 전기에서 견훤은 생물학적 탄생을 하는 것으로 묘사된다. 딸이 견훤을 낳는 것은 그렸으나 아버지와 딸의 결합은 도덕적이지 않은 사회이다. 그러니 아버지로 표상되는 세계의 질서는 한 차례 변화를 겪는다. 아버지의 말言語로, 그 말言語이 힘을 실어준 바늘로 변하여 지렁이와 결합한다.

다음 대목에 보면 견훤이 어렸을 때 호랑이가 나와 젖을 먹였다고 한다. 여기에서 호랑이 역시 대지의 표상이다. 호랑이는 땅에 사는 존재 중 가장 강력한 동물이다. 힘의 상징이다. 그러니 곧 강력한 대지의 힘을 의미하는 존재다. 견훤이 호랑이의 젖을 먹었다는 서술은 그가 대지에서 태어난 존재, 지모신에게서 태어나서 지모신의 젖을 먹고 지모신의 힘을 발휘하는 신화적 존재임을 언급하기 위한 것이었으리라. 다만 그는 여전히 인간에게서 태어난 것으로 묘사되었기에 아버지와 어머니가 별개로 함께 하고 있다.

신화적 서술이 전기 문학으로 바뀌면서 신화의 신성성은 전기의 신기하고 비현실적인 사건으로 변모했다. 하지만 여전히 그 안에 담긴 의미는 유지되고 있다. 문학처럼 삶도 그렇다. 우리 삶의 곳곳에는 변이한 형태로 남아있는 신성성이 존재한다. 눈을 뜨고 잘 살피면 우리 주변에서, 문학에서 그런 신성성을 찾아볼 수 있을 것이다.

**생각해볼 문제**

**1.** 견훤이 성공한 왕이었다면 어떤 구조의 신화가 만들어질 수 있었을지 상상해 보자.

**2.** 신화의 서술 방식이 전기로 바뀌면서 나타나게 된 인간과 사회에 관한 인식의 변화가 있다. 우리 삶에서 신성성을 발견할 수 있는 부분은 어디일지 생각해보자.

# III. 과거와 현재의 연결

## 설화

이제까지는 신화의 구조가 문학의 기원이 되어 전기 문학으로 이어져 왔다는 설명을 했다. 지금부터는 소설 문학이 출현할 단계이다. 그런데 서사 문학의 흐름에 관한 설명에서 종종 건너뛰는 부분이 설화가 아닌가 싶다. 어떻게 보면 설화를 비롯한 구비 문학은 기록 문학에 비해 상당히 소외된 측면이 있다.

그것이 사람의 말로 전해진 무형의 문학보다 문자로 기록된 유형의 문학이 가진 힘이 더 강력하기 때문이라고 한다면 어쩔 수 없는 일이다. 다만 기록 여부나 전승 방법과 상관없이 문학이라는 큰 범주 안에서 설화 문학 역시 함께 살펴봐야 할 대상이라는 점을 기억해야 한다. 그래서 논의의 흐름과 무관하게 설화에 대해 잠시 언급해 보고자 한다.

설화는 구비 문학을 대표하는 장르이다. 흔히 구비 문학이라 하면 말로 전승되는 문학으로, 설화, 민요, 무가, 판소리, 민속극, 속담, 수수께끼를 이른다. 이 중에서 서사 구조의 중요성이 두드러진 것은 역시 설화라고 할 수 있다. 민요, 무가, 판소리, 민속극에는 서사구조는 물론 음악적 요소와 연희라는 요소도 포함된다.

속담이나 수수께끼는 서사보다는 축약과 상징을 통한 풍자와 흥미라는 요소들이 강조된다. 설화는 오로지 서사에 기대어 발전하고 전승되는 측면이 강한 구비문학이다. 판소리 역시 서사적 측면이 강하지만 이것은 고소설로 연결될 수 있으니 그때 다시 살펴보기로 한다.

우리가 잘 알고 있는 몇몇 설화를 정리해보고자 한다. 구비 문학은 말로 전승되는 특성이 강해서 누구나 자신이 알고 있는 내용과 다른 부분이 등장할 수도 있다. 그것은 어떻게 보면 설화 문학의 장점이라고 할 수 있다. 전승자의 상태와 전승 환경, 사회문화적 특성 등에 따라 끊임없이 변하는 것이 설화 문학의 특징이기에 그렇다. 하지만 각각의 설화는 중요한 줄거리에 큰 변화 없이 전승되고 유지된다.

대체로 잘 알려진 하나의 설화는 다양한 내용으로 변이되며 전승된다. 구비 문학의 특성이 그렇다. 하지만 사람들은 그 여러 이야기에서 하나의 구조를 찾아 기억하고 중요한 뼈대가 되는 이야기를 놓치지 않는다. 어떤 이야기에서는 나무꾼이 노루를 만나기도 하고 어떤 이야기에서는 사슴을 만나기도 한다. 어떤 이야기에서는 주인공이 괴물을 물리치고 무사히 땅 위로 올라오지만, 어떤 이야기에서는 주인공의 하인들이 배신하여 땅 밑에 갇히기도 한다.

다양한 변이 속에서도 이야기의 줄거리는 바뀌지 않고 전승된다. 인물의 환경은 바뀔 수 있어도 그가 가진 기능은 바뀌지 않고 유지되기 때문이다. 그러니 설화를 읽을 때 우리는 등장인물이 어떤 역할을 하고 이야기 전체에서 어떤 기능을 유지하는지 살펴보아야 한다.

또한 설화 문학의 서사구조 역시 그 뿌리는 신화에 있다는 사실을 기억해야 한다. 이 글은 결국 신화의 구조가 모든 서사 문학에 어떻게 영향을 미치고 발전하는지를 확인하는 글이기도 하다. 신화는 크게 입사식 이야기와 천지창조 이야기로 구성된다고 했다. 그것이 전기 문학에서는 어떻게 변이되어 나타나는지 살펴보았듯이 설화 문학에서도 같은 작업을 해볼 것이다.

특기할 만한 사실은 설화 문학이 지금까지도 역동적으로 움직이는 문학이라는 점이다. 기록으로 남은 작품들은 우리가 읽고 감상할 수밖에 없다. 하지만 설화는 듣고 알게 되어 전승한 문학작품이다. 설화는 내가 들은 것을 누군가에게 들려주지 않으면 사라지는 문학이기도 하다. 일종의 참여형 문학이라 표현할 수도 있겠다. 물론 요즘은 옛날이야기를 학교 교육과정에서 배우기도 하고 책으로 엮어 만들기도 하므로 전승하지 않는다고 하여 사라질 염려는 없겠다.

하지만 여전히 우리가 채 알지 못하거나 듣지 못한 이야기는 많다. 기록으로 남기지 않은 설화는 말하고 듣는 이가 없으면 사라져 버릴 문학이다. 어떻게 보면 신화를 기점으로 하여 과거로부터 이어온 서사의 큰 줄기가 현재까지 끊어지지 않고 이어지도록 연결해 주는 다리가 설화라고 할 수 있다.

설화는 전문적인 작가가 아니어도 누구나 창작에 참여할 수 있다. 원래의 내용을 과감하게 삭제하여 간단한 줄거리만 전달할 수도 있다. 창작자의 의도와 무관하게 흥미로운 요소를 첨가하여 맛깔 나는 음식처럼 조리할 수도 있다.

그런 면에서 설화는 과거와 현재를 연결하는 문학이며, 지금도 살아있는 문학이라 할 수 있을 것이다. 설화의 깊은 의미를 한 번씩 생각해보면 그 중요성을 떠올리며 보전해야 할 사명이나 욕구가 생길 수도 있겠다. 그런 마음이 있는 사람이 하나라도 있다면 설화는 죽지 않고 계속 살아서 여전히 움직이는 문학이 될 수 있으리라.

### 생각해볼 문제

**1.** 내가 알고 있는 옛날이야기 하나를 골라서 전체 줄거리를 간단하게 줄여보자. 간단하게 줄여도 내가 알고 있던 그 이야기가 맞는가? 그것이 가능한 이유는 무엇일지 생각해보자.

**2.** 내가 알고 있는 옛날이야기 하나를 골라서 나만의 생각대로 이야기를 덧붙여 보자. 알고 있던 이야기와 새로 만든 이야기 중 어느 쪽이 더 재미있다고 느껴지는지, 그 이유는 무엇인지 이야기해보자.

# 오누이와 호랑이 <해와 달이 된 오누이 설화>

깊은 산속 오두막에 살고 있던 오누이가 호랑이에게 쫓겨 하늘로 올라가 해와 달이 되었다는 설화이다. 보편적으로 알고 있는 내용을 간단하게 정리하면 다음과 같다.

옛날에 한 어머니가 삼 남매를 집에 두고 품팔이 나갔다가 돌아오는 길에 호랑이를 만났다.
호랑이는 어머니의 떡과 팔·다리·몸을 차례로 먹어 버리고는 어머니로 가장하여 삼 남매가 사는 집으로 찾아갔다.
아이들은 호랑이의 목소리와 손바닥이 어머니와 다르다고 문을 열어 주지 않았으나, 호랑이는 갖은 꾀를 써서 마침내 방 안으로 들어가 막내를 잡아먹었다.
이를 본 두 남매는 겨우 도망하여 우물가 큰 나무 위로 피신하였다. 이들을 쫓아온 호랑이는 처음에는 오라비 말대로 참기름을 바르고 나무에 오르려다 실패하고, 그다음에는 누이가 일러 준 대로 도끼로 나무를 찍으며 올라갔다.
남매는 하늘에 동아줄을 내려 달라고 기원하여 드디어 하늘로 올라갔는데, 호랑이에게는 썩은 줄이 내려와 그것을 잡고 오르던 호랑이는 떨어져 죽고, 호랑이의 피가 수숫대에 묻어 붉게 되었다.
하늘에 오른 남매는 해와 달이 되었는데, 누이가 밤이 무섭다고 하여 오라비와 바꾸어 해가 되었다. 해가 된 누이는 사람들이 쳐다보는 것이 부끄러워 빛을 발하여 자기를 똑바로 바라보지 못하게 하였다. 한국민족문화대백과 참조

짧은 이야기처럼 보이지만 굉장히 다채롭고 다양한 이야기가 공존하는 설화이다. 기본적인 구조는 오누이가 해와 달이 되었다는 내용이다. 일상적인 이야기라고 할 수는 없다. 일상의 삶을 살아가던 인간이 하늘에 오를 수도 없거니와 천체의 일부로 변할 수는 더구나 없기 때문이다.

오누이가 해와 달이 되었다면 그 이전에는 해와 달이 없었다는 뜻이니 어찌 보면 해와 달의 기원에 관한 신화라고 할 수도 있다. 일상적 인간의 일상적이지 않은 이야기. 지금은 이런 이야기를 판타지라고 보고 넘길 수도 있겠으나 이 이야기 속에는 신화적 요소들이 많이 포함되어 있다.

오누이는 궁극적으로 하늘에 올라가 해와 달이 된다. 일상의 삶을 살아가는 인간이 동아줄을 타고 하늘에 오를 수도 없고, 직접 해와 달이 될 수도 없으니 이 이야기에 등장하는 오누이는 신화적 인물이다. 이들은 오두막에 갇혀 있다가 호랑이를 만나 속

고 속이는 경쟁을 통해 하늘에 오른다.

일상적 존재가 특정한 공간에 갇혀 주어진 과제를 수행하고 다른 단계의 존재로 전이하는 일련의 과정을 이야기하는 서사구조를 입사식 구조라고 한다. 그러니 이 이야기는 오누이의 입사식을 다루는 이야기이다. 오누이에게 입사식의 시간은 호랑이가 찾아온 밤의 시간이다. 입사식의 공간은 어머니 없이 오누이만 남겨졌던 오두막이다.

어둡고 외딴곳에 있는 오두막에서 입사식을 치르는 오누이. 그들에게 주어진 과업은 외부로부터 다가오는 위협인 호랑이를 물리치는 일이다. 호랑이는 오누이를 속이고 오두막 안으로 진입한다. 오누이는 호랑이를 속이고 오두막 밖으로 도망친다. 오누이가 나무에 오른 것을 우물물에서 보고 그 안으로 들어가려던 호랑이는 누이동생의 웃음에 실상을 깨닫고 나무에 오른다. 오빠는 기름을 바르면 나무에 오를 수 있다고 호랑이를 속이지만 누이동생은 도끼로 찍으면 쉽게 올라온다고 알려주는 어리석은 반응을 보인다. 속고 속이는 이들의 반응을 보면 하백과 해모수의 변신 경쟁 장면이 떠오른다.

주몽에 관한 이야기는 이규보가 쓴 서사시 〈동명왕편〉에 자세히 등장한다. 그곳에는 해모수를 처음 만난 하백이 그의 능력을 시험하려고 변신 경쟁을 벌이는 대목이 나온다. 하백이 잉어로 변신하면 해모수는 수달이 되어 잡는다. 하백이 꿩으로 변신하여 날아가면 해모수는 매로 변신하여 잡는다. 하백이 사슴으로 변신하여 도망치면 해모수는 승냥이가 되어 잡는다. 이와 같은 변신 경쟁을 통해 하백은 비로소 해모수의 능력을 인정하고 유화를 그에게 보낸다. 하백과 해모수는 속고 속이는 경쟁을 통해 궁극적으로 주몽을 낳는다.

옛이야기에서 상대를 속여 새로운 질서를 창조하는 역할을 하는 존재를 '트릭스터'라고 한다. 이 설화에서 오누이와 호랑이는 서로 트릭스터로서 경쟁한다. 하백과 해모수가 속고 속이는 경쟁을 통해 주몽의 탄생을 만들어 내듯이 오누이와 호랑이는 속고 속이는 경쟁 끝에 해와 달을 만든다.

그러니 호랑이는 결국 오누이가 해와 달이 되도록 돕는 존재이다. 오누이가 동아줄을 타고 하늘로 오르는 것과 달리 호랑이는 동아줄이 끊어져 땅에 떨어져 죽는다. 오누이는 새로운 질서가 되는 존재이지만, 호랑이는 갱신되어야 할 대상인 낡은 질서의 상징이다. 오누이를 해와 달로 만들고 자신은 결국 땅으로 돌아간 호랑이는 지모신이다.

다시말해 땅을 상징하는 존재다. 견훤 전기에서 호랑이가 지모신의 기능을 한 것과 유사하다. 다만 이 설화에서 호랑이는 오누이에게 양식을 제공하는 지모신이 아니다. 오누이와 경쟁하고 사라져야 할 갱신의 대상이다. 그런데 대체로 땅이나 지모신의 표상은 어머니이다. 그렇다면 이 설화에서 호랑이는 어머니와 같은 존재라고 할 수 있을까?

어머니는 오누이를 오두막에 남겨두고 홀로 마을에 내려가 베를 매주러 간다. 베를 맨다는 것은 베를 짜려고 날아 놓은 실에 풀을 먹이는 일을 말한다. 쉽게 설명하면 베를 짜기 위한 실에 풀을 먹여 실을 강하고 깔끔하게 만드는 작업을 하는 것이다. 이때 풀이 잘 마르게 하려고 짚불을 피운다. 설화에서 오두막을 찾아온 호랑이에게 오누이가 어머니 목소리가 아니라고 하니 연기를 많이 쐬어서 그렇다는 호랑이의 대답은 바로 이 짚불을 많이 쐬었다는 의미이다.

또 날실에 먹이는 풀도 직접 만드는데 이 풀은 쌀로 풀을 쑤어 콩즙 등을 섞어 만든다. 지역에 따라 밀가루, 메밀, 보리 등 다양한 재료로 풀을 쑨다고 한다. 어머니가 일을 마치고 늦은 밤에 돌아갈 때 들고 가는 떡은 사실 이 풀을 쑨 나머지 덩어리를 가져가는 것이다. 흔히 알려진 "떡 하나 주면 안 잡아먹지."라는 호랑이의 협박에서 그 떡은 지금 우리가 먹는 떡이 아니라 베를 맬 때 쓰고 남은 풀죽인 셈이다.

어머니는 베를 매는 존재, 다시 말해 실을 자아내는 존재이다. 실제로 실을 잣거나 베를 짜는 역할을 여성들이 한 것과도 연관이 있겠지만 실을 자아내는 어머니는 새로운 질서를 잉태하는 대지의 상징이다. 이 설화에서 어머니는 오누이를 기르는 어머니이면서 세계의 질서를 직조하는 대지의 신이기도 하다.

하늘에서 베를 짜던 직녀, 비단을 짜서 해를 돌아오게 한 세오녀 등과 같이 어머니는 지모신으로서 세계에 새로운 질서를 만들어 내는 존재이다. 그러니 어머니는 오누이를 낳는 존재, 해와 달을 만들어 내는 존재이다. 오누이는 아직 미숙해서 해와 달이 되지 못한 존재들이다. 이들이 해와 달이 되기 위해서는 오두막에 갇혀 호랑이와 대립하는 과제를 수행해야만 한다.

오누이는 어머니라는 세계를 깨뜨리고 자신들만의 질서를 창조하는 존재가 되어야 한다. 그런데 오누이가 어머니와 직접 맞서 싸우는 설정은 우리 사회의 도덕적 기준에 맞지 않는다. 어머니가 어머니 그대로 등장할 수 없는 사연이다. 그러니 어머니는 호랑이에게 잡아 먹혀야 한다. 어머니가 고개를 넘을 때마다 떡 하나 주면 안 잡아먹겠다고 나타나는 호랑이는 결국 어머니의 팔과 다리를 떼어먹고 몸뚱이마저 삼켜 어머니로 변신한다. 고개를 넘을 때마다, 다시 말하면 이야기가 점점 진행되며 심화할 때마다 아주 조금씩 어머니는 호랑이로 변신한다.

이머니를 잡아먹은 호랑이는 어머니가 된다. 지모신 호랑이는 오누이를 훈련하여 해와 달이 되도록 만들고 자신은 대지로 돌아가는 낡은 질서의 표상이다. 그러니 이 설화의 어머니는 두 번 죽는 셈이다. 자신이 호랑이가 되기 위해 스스로 잡아먹혀 죽고, 오누이를 해와 달로 만들기 위해 땅에 떨어져 죽는다. 설화가 아닌 현실 세계에서도 지모신이 된 수많은 어머니는 자녀들을 해와 달로 만들기 위해 날마다 끝없이 죽는다.

설화가 가진 신화적 성격을 이해하면 옛날이야기가 잔혹하다는 표현은 무의미해진다. 겉으로 보면 잔혹한 이야기처럼 보이는 설화는 모두 신화적 성격을 품고 있는 놀라운 이야기가 된다. 낡은 질서는 물러나고 새로운 질서가 도래한다. 옛것은 가고 새것이 온다. 땅은 새롭게 갱신되고 새로운 빛이 시작된다. 옛이야기는 세계의 변화와 새로운 천지창조를 반복적으로 전해준다. 이야기를 듣고 전하면서 우리가 사는 세계는 새롭게 변화한다. 이런 이야기 구조의 반복을 확인하는 작업은 재미있다. 이제 해와 달이 된 오누이 설화는 새로운 눈으로 다시 보일 것이다.

### 생각해볼 문제

**1.** 미숙한 오누이가 새로운 질서인 해와 달이 되기 위해서는 호랑이라는 낡은 질서를 물리쳐야 한다. 내가 입사식을 통해 더 나은 존재로 거듭나기 위해 물리쳐야만 하는 낡은 질서는 무엇인지 생각해보자.

**2.** 사람은 누구나 입사식을 거쳐 해와 달로 거듭나는 존재이다. 이러한 이야기 구조를 실제 삶에 적용할 때의 유익은 무엇일지 생각해보자.

# 괴물에게 납치된 여인 〈지하국 대적 퇴치 설화〉

설화를 읽다 보면 '어, 이거 어디서 들은 얘긴데?'라는 생각이 들 때가 있다. 실제로 많은 설화가 서로 닮아서 그렇다. 어떤 사람은 설화가 서로 닮은 이유가 처음 어디선가 생긴 이야기가 사람들의 이동에 따라 이리저리 옮겨가며 지역과 문화의 차이를 반영하여 살짝 색깔만 달라지기 때문이라고 보기도 한다. 또 어떤 사람은 사람이 가진 인지 능력의 유사성이 비슷한 이야기를 만들어내기 때문이라고 한다.

〈지하국 대적 퇴치 설화〉 역시 비슷한 유형의 이야기가 이곳 저곳에 흩어져 있는 경우이다. 대략의 내용은 다음과 같다.

**옛날 어느 곳에 한 여자가 괴물에게 납치당했다. 여자의 부모가 재산과 딸을 현상으로 내걸고 용사를 구하자, 어떤 용사가 나타나 혼자** 혹은 부하와 함께 여자를 찾아 출발하였다. 천신만고 끝에 용사는 괴물의 거처가 지하에 있음을 알게 되고 그곳으로 이르는 좁은 문도 발견하였다. 밧줄을 드리워 부하들을 차례로 내려 보내려 했으나 모두 중도에 포기하고 말아, 드디어 용사 자신이 지하국에 이르렀다. 용사는 우물가 나무 위에 숨어 있다가 물을 길으러 나온 여인의 물동이에 나뭇잎을 훑어 뿌려 자신의 존재를 알렸다.

용사는 여인의 도움을 받아 괴물의 집 문을 무사히 통과하였다. 여자가 용사의 힘을 시험하려고 바위를 들어보게 했으나 용사가 들지 못하자, 용사에게 '힘내는 물'을 먹였다. 힘을 기른 용사는 마침내 괴물을 죽이고 납치되었던 사람들을 구하여 지상으로 올려 보냈다. 그러나 부하들은 용사를 지하에 남겨둔 채 여인만 가로채서 가 버렸다. 용사는 결국 신령의 도움을 받아 지상에 오를 수 있었다. 용사는 부하들을 처벌하고 여자와 혼인하였다. 한국민족문화대백과 내용 참조

크게 보면 이 이야기는 주인공이 여인을 찾기 위한 탐색 여행을 떠나 과업을 완수하고 귀환하는 구조의 이야기다. 세계적으로 많이 알려진 이야기이기도 하다. 이 설화 역시 입사식 구조다. 주인공에게 주어진 입사식의 과제는 도적이나 대적이나 괴물에게 납치된 여인이나 아내나 공주를 찾아오는 것이다. 입사식의 공간은 지하국이다. 땅 아래 커다란 마을이 있고 그 마을에 지하 대적이 산다.

지하국으로 내려가는 방법이 재미있다. 주인공은 광주리에 줄을 달아서 지하로 내려간다. 지하로 내려간 주인공은 마을 중앙

에 있는 우물 곁 나무 위로 올라가 숨는다. 그 나무 위에서 납치된 여인이나 여종을 만나게 된다. 우물, 나무, 동아줄의 요소는 해와 달이 된 오누이 설화에도 등장한다.

오누이는 우물곁에 있는 나무 위에 올라갔다가 동아줄을 타고 하늘로 오른다. 동아줄에 묶인 두레박을 타고 하늘로 올라가 선녀를 만난 나무꾼도 있다. 나무꾼이 타고 올라간 두레박은 선녀가 내려와 목욕하던 연못으로 내려온다. 물은 산과 더불어 세계의 중심을 상징하는 우주산의 상징이다. 거기에 우뚝 솟은 나무는 세계의 중심을 상징하는 우주목이다. 그러니 우물곁 나무에 올라간 주인공은 세계의 중심인 우주목에 올라간 존재이다.

몽골에서는 아직도 샤먼의 성무의례에서 나무에 오르는 의식이 있다고 한다. 나무에 오르는 일은 이곳과 저곳의 경계를 넘어 두 세계를 연결하는 존재를 입증하는 신성한 의식인 셈이다.

몽골의 샤먼만 나무에 오르지 않는다. 고려가요 〈청산별곡〉에 보면 '사슴이 장대에 올라서 해금을 켜는 것을 듣노라'라는 구절이 나온다. 장대에 올라서 해금을 켜는 사슴은 이 노래가 불리던 고려시대의 광대일 수도 있고 어떤 연희에 출연하여 공연을 진행하는 예술가일 수도 있다. 나무에 올라 해금을 켜는 사슴을 이 세계와 저 세계를 넘나드는 존재임을 입증하는 성무의례를 치르는 샤먼으로 볼 수도 있을 것이다. 나무꾼에게 비일상적 존재인 선녀에 관한 정보를 알려준 것이 사슴인 것처럼.

그렇게 볼 수 있다면 이 설화의 주인공은 두 세계를 오가는 능력이 있는 존재이다. 지상은 인간들이 살아가는 평범한 세계다. 지하국은 일상적 세계에서 분리된 비일상적 세계다. 주인공은 광주리를 타고 지하로 내려가 마을 중앙에 있는 우물곁 나무에 올라 그 자신이 두 세계를 넘나드는 존재임을 입증한다. 일상적 세계에서 벗어나 비일상적 세계의 깊은 곳에 내려가 도저히 이길 수 없을 것만 같은 대적을 물리치고 여인을 구출해 내는 영웅의 모습은 어떻게 해석할 수 있을까?

동아줄을 타고 지하국을 오르내리는 주인공의 모습에서 성서에 나오는 '야곱'을 떠올리기도 한다. 야곱은 그의 형 '에사오'의 추적을 피해 도망가다가 사막에서 잠들어 꿈을 꾼다. 꿈에 하늘이 열리고 층계가 보인다. 그 층계를 타고 천사들이 오르락내리락한다. 사다리 또는 층계의 이미지로 등장하는 이것은 하늘과 땅을 연결하는 통로의 기능을 한다. 이 설화의 주인공이 타고 지하국을 오르내린 광주리와 같은 기능을 하는 것이다. 이것은 해와 달이 된 오누이가 타고 오른 동아줄이며, 선녀가 목욕하던 연못에서 나무꾼이 타고 올라 하늘에 도달한 두레박이다. 여기에 등장하는 주인공들은 동아줄이나 두레박이나 광주리나 층계나 사다리를 통해 두 세계를 넘나든다. 층계나 사다리나 동아줄이나 두레박은 두 세계를 연결한다.

주인공이 넘나드는 두 세계가 물리적 세계가 아닌 인간의 내면을 의미한다고 보는 사람도 있다. 야곱의 꿈에 나타난 천사들의 층계는 결국 그의 깊은 내면이 하늘과 연결되었음을 의미한다고 본다. 야곱처럼 이 설화의 주인공도 광주리를 타고 의식의 깊은 내면으로 침잠한다. 깊은 의식의 밑바닥에 도달하면 비로소 만나게 되는 자신만의 괴물이 있다. 그것은 자신이 도저히 쉽게 물리칠 수 없는 대적이다.

주인공이 대적을 물리치기 위해 오랜 기간 '힘내는 물'을 마시며 수련하듯이 우리는 자기 내면에 똬리를 틀고 살아가는 괴물을 물리치기 위해 오랜 시간 공을 기울여 내공을 길러야만 한다. 하지만 그 괴물은 강하다. 그것은 아무리 잘라도 다시 들러붙는 머리가 아홉이나 달린 괴물이어서 쉽게 물리칠 수 없다. 그 지독한 괴물을 물리쳐야만 비로소 납치된 여인을 만날 수 있듯이 내면 깊숙한 곳에 도사리고 있는 끔찍한 존재를 물리쳐야만 비로소 참되고 아름다운 자신의 본성과 만나게 된다.

두 세계를 연결하는 동아줄을 탯줄로 보는 사람도 있다. 어떻게 보면 탯줄은 보이는 세계와 보이지 않는 세계, 일상적 공간과 비일상적 공간을 연결하는 신비한 동아줄과 같다. 이 줄을 따라 생명이 이동하며 이 줄을 따라 하나의 존재가 전혀 다른 존재로 변하기 때문이다. 탯줄을 따라 깊은 세계에 들어가 괴물을 물리치고 공주를 구하는 주인공의 여정은 끔찍하고 험난한 출산의 과정, 이 세계와 저 세계를 넘나드는 시련의 순간을 상징적으로 보여주는 것은 아닌지 모를 일이다.

이처럼 우리는 하나의 설화에서 무한하게 열린 다채로운 해석을 만나게 된다. 설화는 과거와 현재를 연결하는 서사이면서 이곳과 저곳, 이 세계와 저 세계를 연결하는 신비로운 서사이기도 하다. 따라서 이것은 또 하나의 가능성을 보여주는 서사이며, 언제든 더 새로운 가능성이 열릴 수 있음을 암시하는 지적 탐구의 경연장이기도 하다. 옛날이야기는 단순하고 흥미로운 유희적 소재에 머물지 않고 다양한 해석이 가능한 열린 창의성의 곳간이 될 수 있다.

설화가 그렇게 열린 가능성을 내포한 이유는 서사의 뿌리를 신화에 두고 있기 때문이다. 신화는 단순한 구조의 다채로운 변주와 반복으로 결국 인간이 가진 본연의 이야기 구조, 누구나 수긍할 서사 체계를 창조하는 원동력이 된다. 〈지하국 대적 퇴치 설화〉에서 우리가 열어볼 수 있는 또 다른 해석의 창문은 무엇일지 저마다의 생각을 열어보자.

### 생각해볼 문제

**1.** 주인공이 위험을 무릅쓰고 지하국을 내려가는 모습은 현재를 살아가는 현대인의 모습과도 닮았다. 우리도 저마다의 위험을 무릅쓰고 날마다 자신만의 광주리에 탄 채 미지의 세계를 향해 내려가는 용사들이다. 이렇게 이 설화의 의미를 새롭게 해석해보자.

**2.** 이 설화를 '지금, 여기, 자신'의 이야기라는 구조에 대입하여 해석할 때 자신이 물리쳐야 할 괴물과 얻어낼 여인은 무엇인지 생각해보자.

# 허물 벗는 구렁이 〈구렁덩덩신선비 설화〉

오누이는 오두막에서 호랑이와 대결하는 입사식을 마치고 해와 달로 거듭난다. 길을 가던 한량은 지하국에 광주리를 타고 내려가 괴물과 싸우는 입사식을 마치고 아름다운 여인과 결혼한다. 〈구렁덩덩신선비 설화〉에서 입사식은 다양한 방식으로 묘사된다. 각각의 묘사 장면을 통해 주인공이 어떤 입사식을 거치고 어떻게 변모하는지 살펴보자.

옛날에 어떤 할머니가 잉태해서 출산하고 보니 구렁이였다. 할머니는 구렁이를 굴뚝 옆에 삿갓을 덮어 숨겼다. 그런데 마을에 소문이 퍼졌고, 딸 셋을 둔 장자 집에서도 이를 구경하러 왔다. 첫째와 둘째 딸은 구렁이를 보고 더럽다고 했지만 막내딸은 구렁덩덩신선비를 낳았다고 했다. 이 말을 들은 구렁이는 어머니에게 장가를 가야겠다며 장자 집에 청혼하라고 하였다. 어머니가 주저하자 구렁이는 청혼하지 않으면 한 손에는 불을 들고 한 손에는 칼을 들고 어머니 배속으로 다시 들어가겠다고 위협하였다.
어머니가 장자 집에 청혼하자 첫째 딸과 둘째 딸은 거절하고 막내딸은 승낙한다. 혼례를 올린 첫날 밤, 구렁이는 신부에게 간장 또는 기름 한 독, 밀가루 한 독, 물 한 독을 준비하라고 했다. 구렁이가 간장독에 들어갔다가 나와서 다시 밀가루 독으로 들어가서 몸을 굴리고 물독으로 들어가서 몸을 헹구더니 허물을 벗고 옥골선풍의 신선 같은 선비가 되었다.
언니들은 동생이 아주 잘생긴 신선 같은 선비와 함께 살고 있는 것을 보고 시기했다. 어느 날 신선비는 아내에게 허물을 주면서 옷고름 속에 잘 보관하라고 당부한다. 아무에게도 말해서도, 보여줘서도 안 되며 허물이 불에 타면 온 세상에 냄새가 퍼지기 때문에 자기는 집에 돌아올 수 없을 것이라 경고를 덧붙인다. 그런데 이 말을 몰래 들은 언니들이 허물을 강제로 빼앗아 불태웠다. 신선비는 구렁이 허물이 불에 탄 냄새를 맡고 자취를 감추었다.
신선비가 돌아오지 않자 아내는 중의 차림을 하고 신선비를 찾아 나선다. 길을 가다가 농부의 논을 갈아주고, 까치의 먹이를 구해주고, 할머니의 검은 빨래와 흰 빨래까지 도와주며 신선비의 행방을 묻는다. 그리고 할머니가 신선비가 샘 속에 있다고 하자, 주저하지 않고 샘 속에 있는 신선비를 찾아간다.
신선비의 집에서 하룻밤을 청하며 마루 밑에서 몸을 누인다. 그날 밤에는 달이 밝게 떠올랐다. 신선비가 다락에서 글을 읽다가 달을 쳐다보며 아내를 그리워하는 노래를 불렀다. 아내가 이 소리를 듣고 화답하여 신선비와 만나게 되었다. 그런데 신선비는 새로 장가를 갈 준비를 하고 있었다.
신선비는 아내와 새로운 여인에게 자기가 세 가지 대결에서 이기는 여인과 결혼하겠다고 한다. 나무 해오기, 물 길어 오기, 호랑이 눈썹 뽑아 오기 같은 과제를 모두 다 이긴 아내는 신선비와 다시 부부가 되어 행복하게 잘 살았다. 한국민족문화대백과 내용 참조 설화의 제목을 보면 구렁이로 태어난 신선비가 주인공이다. 어느 날 할머니가 구렁이를 낳는다. 할머니 혼자 아이를 낳을 수는 없다. 무염 수태설이나 수태고지 등 숱한 신비 탄생 설화의 주인공 예수조차도 '동정녀'에게서 태어났다. 할머니 혼자 아이를 낳은 경우는 이 설화가 처음이 아닐까? 게다가 아이가 아닌 구렁이를 낳았다고 한다. 할머니가 혼자 아이를 낳을 수도 없고 인간이 아닌 구렁이를 낳을 수는 더더욱 없는 일. 따라서 이 설화의 주인공은 신격이다.

주인공은 입사식을 통해 태어난 존재다. 그의 탄생이 입사식을 통한 탄생임을 알 수 있는 것은 어머니가 아닌 할머니가 낳았다는 사실과 구렁이로 태어났다는 사실에서 확인할 수 있다. 입사식의 주인공은 세계의 질서를 정신으로 삼고 대지를 육체로 삼아 둘의 결합을 통해 천지창조를 이루고 새로운 질서를 깨달아 아는 존재로 태어난다고 했다.

그런데 이 이야기의 주인공은 할머니가 낳은 것으로 그려진다. 굳이 탄생의 주체를 할머니로 한 이유는 주인공이 태어난 대지가 갱신되어야 할 대상이라는 상징일 것이다. 할머니는 이미 생산능력이 없는 존재다. 따라서 갱신되어야 할 낡은 질서의 표상으로 할머니가 등장하게 된 것이다. 이것은 〈해와 달이 된 오누이 설화〉의 어머니가 어떤 이야기에서는 종종 할머니로 등장하는 사실과도 통하는 부분이다.

주인공이 인간이 아닌 구렁이로 태어났다고 하는 것은 영웅의 일생 구조에서 비정상적 탄생의 화소에 해당한다. 구렁이는 뱀이다. 견훤 전기에서 살펴보았듯이 지렁이나 뱀은 대지의 상징이다. 갱신되어야 할 낡은 대지의 상징인 할머니는 새로운 대지의 상징인 구렁이를 낳는다. 굳이 인간이 아닌 구렁이로 묘사한 이유는 그가 아직 온전하게 입사식을 마치지 못했음을 설명하기 위한 것이다.

주인공은 본격적인 입사식을 통해 구렁이의 허물을 벗고 사람으로 변신해야 할 것이다. 미분화된 혼돈의 상태에서 분화된 질서의 단계로 나아가기 위한 거듭남을 묘사하기에 허물을 벗는 구렁이는 무척 잘 어울리는 소재가 된다. 구렁이가 사람이 되기 위해 치르는 입사식은 혼례 의식이다.

할머니가 구렁이를 낳았다는 소식을 듣고 장자의 집 세 딸이 구경하러 온다. 그중 구렁이에게 거부감을 느끼지 않은 셋째 딸이 신부가 된다. 혼례는 대표적인 성인식이다. 예전에는 관례를 치러 어른이 되었음을 알린 후 혼례를 치르는 것이 일반적인 순서였다. 관례를 치른 두 독립적 성인이 만나 새로운 질서를 창조하는 의례가 혼례인 셈이다.

하지만 조혼의 풍습이 확대하면서 점차 관례와 혼례가 하나로 합쳐져 어른이 되는 입사식이 혼례로 집중하게 되었다. 관례를 치를 나이에 혼례를 치르면서 관례는 점차 사라지게 되었다. 관례가 아닌 혼례가 어른이 되는 입사식으로 정착하게 되면서 독립적 질서를 획득한 철든 어른이 줄어드는 사회적인 문제가 생긴 것인지도 모른다. 현대 사회에서 책임감 있는 어른을 만나보기 어려운 까닭도 관례는 아예 치르지도 않고 혼례조차 늦춰지는 문제에서 비롯된 것은 아닌가 싶다.

이 설화에서 입사식의 모습은 이렇게 다양하게 나타난다. 혼례라는 입사식을 마친 구렁이는 낡은 질서의 상징인 자신의 허물을 벗고 새로운 질서의 모습인 멋진 선비로 변한다. 신랑이 구렁이라는 불완전한 모습에서 신선비라는 완전한 모습으로 거듭나면 그의 입사식은 끝난다.

그러면 이야기도 끝날 것 같지만 이야기는 계속된다. 아직 입사식을 치르지 않은 존재가 있기 때문이다. 그의 신부다. 셋째 딸은 비록 구렁이에 대한 거부감을 보이지 않음으로써 신부의 자격을 가진 것으로 나타나기는 했으나 아직 완전히 입사식을 치른 존재는 아니다. 그러니 이제 신부의 입사식이 남은 셈이다.

여기서 신부에게 주어진 입사식은 신랑이 준 시험을 성공적으로 마치는 일이다. 구렁이의 허물을 보관하는 입사식은 언니들의 방해로 실패한다. 신부는 자신을 버린 신랑을 찾아 길을 떠난다. 과제 수행을 위한 길 떠나기는 이미 지하국을 찾아 떠난 한량에게서도 나왔던 화소이다. 신부는 신랑을 찾아 길을 떠나다가 여러 가지 과제를 해결하며 결국 신랑이 숨어 있는 곳까지 찾아낸다. 그곳은 샘 속에 있었다. 물은 대지와 등가적 관계다.

결국 신부는 입사식을 치르기 위해 대지와 하나가 되는 존재로 자신을 입증한다. 신부가 신랑을 찾아 길을 떠나고, 길을 가다가 마주치는 과업을 해결하고, 결국 신랑을 만나 다시 시험을 치른 후에 입사식을 완전히 마무리하는 일련의 줄거리는 서사무가 바리데기 공주의 이야기와 비슷하다.

바리데기 공주는 부모에게 버림받은 딸이면서도 부모의 병을 고치기 위해 저승으로 머나먼 여행을 떠나는 여성 주인공이다.

바리데기는 살아있는 사람이 갈 수 없는 저승까지 먼 길을 가며 각종 과제를 수행하고 저승에서 무장승을 만나 최종 시험을 통과한 뒤에 이승으로 돌아와 이미 세상을 떠난 부모의 목숨을 살린다. 그리고 그 모든 성공 뒤에 무당의 조상이 된다.

바리데기 무가의 이야기는 여성 영웅 서사의 원조라 할 만하다. 그리고 〈구렁덩덩신선비 설화〉의 신부 역시 바리데기의 길을 따르는 존재다. 원래 낡은 질서를 버리고 새로운 질서를 찾아 새로운 세상을 열어가는 신화의 존재 바리데기와 신부는 각각 효孝와 열烈이라는 사회적 이념 실현을 위해 희생된 존재로 바뀌었다는 아쉬움은 남는다.

〈구렁덩덩신선비 설화〉에서 신랑과 신부는 모두 각자의 입사식을 치른 후에야 비로소 부부가 되어 행복한 결말을 맞이한다. 프시케가 정체를 숨긴 신랑 에로스와 사랑에 빠졌으나 자신의 실수로 에로스가 떠나고, 떠나버린 에로스를 찾기 위해 온갖 과제를 수행한 뒤에 재결합하여 결국 딸을 낳았다는 그리스 신화와도 닮은 꼴이다. 설화는 이렇게 거리와 지역을 뛰어넘어 인류가 공유하는 이야기이기도 하다. 그리고 이 모든 이야기의 핵심에는 늘 입사식이라는 인류 공통의 서사 구조가 존재한다.

이 설화에서 중요한 소재로 등장하는 입사식은 '혼례'이다. 물론 신부가 신랑이 내준 시험을 치르는 과정 역시 입사식의 절차로 등장하기는 한다. 하지만 갱신되어야 할 대지의 표상에서 불완전한 존재처럼 등장했던 주인공 구렁이가 사람의 모습을 얻기 위해 치르는 입사식은 혼례이다.

우리 설화에는 혼례가 중요한 입사식으로 활용되는 경우가 많다. 혼례는 독립된 두 성인이 만나 부부라는 새로운 질서로 거듭나는 뜻깊은 입사식이다. 혼례에는 '세계의 질서'와 '대지'의 결합, '낡은 질서의 갱신과 새로운 질서의 탄생'이라는 신화적 특성이 담겨 있다. 이러한 본질을 더 잘 이해한다면 현대의 결혼식도 본래의 신성성을 회복하는 입사 의례로 거듭날 수 있을 것이다.

## 생각해볼 문제

**1.** '혼례'는 본래 신화적 구조를 가진 의례였다. 각각 독립된 질서로 살아가던 두 세계가 만나 새로운 세계로 재탄생하는 의례인 셈이다. 현대 결혼 예식에서도 그런 상징을 찾을 수 있는지 생각해보자.

**2.** 이 설화의 주인공을 구렁이라고 볼 때와 신부라고 볼 때 각각 어떤 차이가 있는지 생각해보자.

# 바위가 솟아난 못 〈장자못 설화〉

때로는 명백하게 같은 이야기처럼 보이는 설화가 있다. 〈장자못 설화〉가 그런 경우일 것이다. 흔히 '장자못'이라는 제목을 말하면 다들 자기는 모르는 이야기라고 하다가도 막상 줄거리를 들려주면 중간에 표정이 바뀌곤 한다. 이 글을 읽는 사람들도 마찬가지 반응을 보일 것이다. 〈장자못 설화〉는 잘 모르는 이야기였으나 내용을 알고 나면 이미 잘 아는 이야기로 바뀔 것이다. 내용은 다음과 같다.

옛날에 아주 인색하고 포악한 부자 '장자'는 큰 부자를 이르는 말이다 가 살고 있었다. 하루는 중이 와서 시주를 달라고 하자, 장자는 쌀 대신 쇠똥을 바랑에 넣어 주었는데 중은 그냥 받아 갔다. 이 광경을 보고 있던 장자의 며느리가 몰래 쌀을 퍼다 바랑에 담아 주었다. 그러자 중이 "당신이 살려면 지금 나를 따라오되 절대로 뒤돌아보지 말라."는 금기를 주었다.

며느리는 집을 떠나 혹은 기르던 개를 데리고, 아기를 업고, 베틀을 이고 산을 오르는데 뒤에서 이상한 소리가 났다. 참고 돌아보지 않았으나 갑자기 커다란 소리가 들려 자기도 모르는 사이에 돌아보았다. 며느리는 그 자리에서 돌이 되었고 장자의 집은 커다란 못이 되었다. 지금도 그 부자의 집터가 변한 못과 바위가 남아있다. 한국민족문화대백과 참조

인색한 부자가 중에게 시주조차 안 하다가 집터까지 무너지는 천벌을 받았다는 이야기이다. 유일하게 선행을 베푼 며느리는 절대 뒤를 돌아보지 말라는 금기를 어겨 그 자리에서 돌이 되었다. 악한 인물, 그를 징계하는 존재, 그를 도와주는 인물, 금기를 어긴 결과 등이 성서에 나오는 〈소돔과 고모라 이야기〉와 같다. 사람들이 〈장자못 설화〉를 잘 아는 이야기라고 인식하는 이유 역시 성서에 나오는 설화에 대한 사전 지식이 있기 때문이다.

소돔과 고모라 성의 사람들은 타락하여 야훼의 심판을 받는다. 소돔 고모라 성의 타락한 사람들은 장자와 같은 인물이다. 성에 찾아온 천사들은 장자에게 찾아온 중과 같은 역할을 한다. 절대로 뒤를 돌아보지 말라는 금기도 두 이야기 모두 같다. 장자의 며느리는 롯의 아내와 같은 역할을 한다. 둘은 모두 금기를 깨고 뒤를 돌아본다. 그 결과 한 사람은 돌이 되고 다른 사람은 소금기둥이 된다. 장자의 집은 못으로 변하고 소돔과 고모라는 사해로 변한다. 이쯤 되면 한 이야기가 오랜 세월을 거쳐 다른 지역에까지 퍼지는 것이 아닌가 하는 생각을 하게 된다.

여기서 중요한 것은 이야기의 전파 여부가 아니라 이야기의 실제 의미이다. 이 설화를 단순히 교훈적 차원의 이야기로만 해

석하는 일은 좀 어색하다. 혼자 부자로 살면서 인색한 것이나 자기들만 풍요를 누리며 악행을 일삼는 것은 결국 천벌을 받을 일이라는 식의 교훈적 해석만을 해서는 안 된다는 뜻이다.

그런 교훈이 적절하지 않게 느껴지는 이유는 먼저 장자나 소돔 성 사람들의 잘못이 정말 집터가 순식간에 무너지고 성이 통째로 불에 타서 사라지는 정도의 죄악인가 하는 점이다. 예나 지금이나 그보다 더 악한 짓을 저지르는 존재들은 훨씬 많은데도 그들을 징계하는 내용의 설화는 의외로 드물기 때문이다.

또 이야기 내용 중에는 굳이 큰 벌을 받지 않아도 될 것만 같은 사람이 단지 하나의 금기를 어겼다는 이유만으로 너무나 큰 저주를 받는 것처럼 보이는 부분도 있다. 단지 뒤를 한 번 돌아본 것이 돌로 굳어버리거나 소금기둥이 될 정도의 잘못이라 할 수 있는가? 인색한 부자의 집을 무너뜨려 못을 만드는 것이 하늘의 뜻이라면 선행을 베푼 며느리는 단지 뒤를 돌아보았다고 돌이 되어야 할 까닭이 무엇인가? 그야말로 하늘도 무심한 일이 아닌가?

그러니 이 설화의 본질적 의미를 찾는 일이 더 중요하다. 장자못 설화든 소돔성 이야기든 두 이야기는 모두 같은 상황을 말하고 있다. 원래 있던 세계가 무너지고 새로운 세계가 생겨난다. 장자의 집은 완전히 무너져 없어지고 그 자리에 커다란 못이 생긴다. 소돔 성은 완전히 무너지고 그 자리에 커다란 사해가 생긴다. 하나의 세계가 사라지고 새로운 세계가 도래한다.

두 설화는 사실 세계의 갱신을 말하고 있는 것은 아닐까? 장자와 소돔 사람들은 갱신되어야 할 낡은 질서이고 새로 생겨난 못과 사해는 새로운 대지의 표상이다. 그러니 이것은 천지가 재창조되는 것에 관한 이야기다. 집이 무너진 자리에 커다란 못이 생기고 그 곁에는 돌이 우뚝 서 있다. 이 장면은《삼국유사》에 나오는 금와 왕의 탄생 신화를 떠올린다.

> 북부여의 왕 해부루의 재상 아란불의 꿈에 천제가 내려와 말하였다. "장차 내 자손에게 여기 나라를 세우게 하리니 너는 다른 곳으로 피해라. 동해 바닷가에 가섭원이라 이르는 땅이 있는데 토양이 기름져서 왕도를 세우기 마땅하다." 아란불이 왕을 권하여 도읍을 그곳으로 옮기고 나라 이름을 동부여라 하였다.
>
> 부루는 늙도록 자식이 없었는데 하루는 산천에 제사하여 후사를 구하였다. 타고 가던 말이 곤연에 이르러 큰 돌을 대하여 보고 눈물을 흘렸다. 왕이 괴이히 여겨 사람들에게 그 돌을 옮기게 하였더니 금빛 개구리 모양의 어린아이가 있었다. 왕이 기뻐하여 이르기를 "이것은 하늘이 나에게 아들을 주신 것이다." 하고 이에 거두어 길러 이름을 금와라 하였다. 번역: 필자

해부루가 늙도록 자식이 없어 산천에 제사하여 후사를 구했다. 늙도록 자식이 없다가 구렁이를 낳은 할머니를 생각해 보자. 낡은 질서는 물러나고 새로운 질서가 도래하는 상황이다. 한 세계는 가고 새로운 세계가 온다. 가야만 하는 세계는 늙은 것으로 묘사되고 새로운 세계는 새 생명의 탄생으로 그려진다.

해부루는 산천에 제사한 후에 아이를 얻는다. 산천에 제사하는 것은 국가적으로 행하는 입사식의 전형적인 모습이다. 이미 3월 3일 낙랑의 언덕에서 입사식을 통해 새롭게 나라의 장수로 등

장한 온달의 이야기에서 만난 적이 있고, 계락일 구지봉의 입사식에서 궤를 열고 태어난 수로왕 이야기에서도 본 적이 있다. 산천에 제사하여 후사를 구한 장면의 배경에는 '곤연'이라는 못이 나오고 큰 돌이 나온다.

이 장면은 장자못 설화의 마지막 장면과 같다. 장자못이 있고 돌이 있다. 한 세계는 가고 새로운 세계가 도래한 직후의 장면이다. 당연히 금와는 그 새로운 하늘과 대지가 결합한 장소에서 태어난다.

신화에서 산과 물은 등가적 관계라고 했다. 금와 왕 신화에 나오는 곤연의 물과 커다란 돌은 모두 세계의 중심을 상징한다. 산천에 제사하는 입사식을 통해 금와는 해부루라는 낡은 질서를 넘어 새로운 지도자로 세계의 중심에서 태어나는 셈이다. 그가 세계의 중심에서 이루어진 입사식을 통해 새로운 질서와 대지의 결합으로 천지창조를 마친 지도자임을 보여주는 상징이 곤연의 못과 커다란 돌이다. 그리고 그 자리에서 말이 눈물을 흘린다. 말은 고대어에서 중심을 나타내는 고유어 '몰' 또는 'ᄆᆞᄅᆞ'와 통하는 단어이다. 금와는 세계의 중심에서 진행된 입사식을 통해 새로운 세계를 이끌어갈 지도자로 탄생한 것이다.

이러한 구조를 〈장자못 설화〉에 대입해보자. 중은 새로운 세계의 질서를 뜻한다. 장자는 갱신되어야 할 낡은 질서의 표상이다. 낡은 질서인 장자는 물러난다. 새로운 질서인 중과 결합한 대지의 상징 며느리는 천지창조를 완성하고 세계의 중심에 우뚝 선 돌로 남아있다. 옛것은 가고 새것이 온 상황, 낡은 세계는 물러가고 새로운 천지창조가 이루어진 상황을 묘사하는 설화라고 할 수 있다.

이 설화는 전국 곳곳에서 발견된다. 대체로 큰 못이 있는 곳에 형성된 설화이다. 장지못이라거나 장자못이라는 명칭을 가진 큰 못을 소재로 형성된 설화이다. 커다란 못은 마을을 내려다보는 위치에 있다. 농사에 필요한 요긴한 곳일 테다. 그 못은 농사와 직결된 물, 마을을 살리는 생명의 젖줄이다. 그것이 마을의 중심이다. 그래서 상지長池일 것이다.

'맏'이라는 뜻의 '장長'은 세계의 중심을 뜻하는 고대어 'ᄆᆞᆯ'이나 'ᄆᆞᄅᆞ'를 표기하기 위한 단어이다. 다시 말해 장지는 곧 마을의 중심을 의미한다. 마을의 중심, 생명의 근원이 되는 물이니 장지이다. 저 큰 못이 어떻게 생겼을까? 장지는 장자로 연결되고 장자는 부자라는 뜻을 가졌으니 저 자리에 혹 예전에 엄청난 부자가 살고 있었던 것은 아닐까? 부자의 집이 왜 저렇게 큰 못으로 변했을까? 혹시 그 부자가 천벌을 받은 것은 아닐까? 그가 천벌을 받은 것은 너무나 인색해서 그런 것일까? 못 주변에는 흔히 큰 돌이 서 있고는 하는데 저 돌에는 어떤 사연이 숨어 있을까?

그런 연상 작용의 이면에 신화가 영향을 미쳤을 것이다. 오랜 옛날부터 입사식을 통해 하늘과 땅의 갱신, 낡은 세계가 가고 새로운 세계가 온다는 의식을 체험했던 사람들의 선험적 생각이 영향을 미쳤을 것이다. 천지가 갱신되는 의식과 장자의 천벌이라는 화소가 결합되었을 것이다.

설화 해석에 정답은 없다. 하지만 〈장자못 설화〉를 단순한 교훈적 해석으로 보지 않고 이런 의미를 부여하는 시도는 설화를 공유하는 사람들의 의식을 확장하게 할 것이다. 설화에는 단순한 권선징악적 교훈만을 적용하기 어려운 상황들이 많이 등장한다. 우리는 그러한 이야기의 이면에 무엇이 있을지 생각해보고 그 서사구조의 뿌리가 되는 신화에서 답을 찾으려 노력해야 할 것이다. 그런 작업이 현재의 문학을 이해하고, 더 나아가 우리 사회를 이해하는 더 깊은 시야를 확보하는 일이 되지 않을까?

### 생각해볼 문제

**1.** <장자못 설화>와 <소돔 고모라 이야기>처럼 서로 닮은 구조의 설화가 또 있는지 찾아보고 그 의미를 생각해보자.

**2.** 장자의 집이 무너진 자리에 커다란 못이 생기고 그 곁에 돌이 우뚝 선 장면을 오누이와 한량이 지상과 하늘을 오르내린 우물곁에 우뚝 선 나무의 이미지와 연결하여 생각해 보자. 이런 이야기 구조에서는 어떤 공통점을 찾을 수 있을까?

# 두레박을 탄 자 <나무꾼과 선녀 설화>

이제 자신이 알고 있는 설화의 장면이나 등장인물들이 예전과 다른 모습으로 보인다면 이 글의 의도를 어느 정도 성취한 셈이다. 오누이가 동아줄을 타고 하늘로 오르듯이 한량은 광주리를 타고 지상으로 오른다. 이들이 타고 오른 줄은 마치 수로왕 신화의 붉은 줄이나 주몽 신화의 빛줄기처럼 느껴진다. 이들처럼 줄을 타고 위아래로 오르내린 인물이 〈나무꾼과 선녀 설화〉에도 나온다.

아주 옛날 한 마을에 나무꾼이 홀어머니를 모시고 살고 있었다. 어느 날 나무꾼이 나무를 베고 있는데, 사냥꾼에게 쫓기던 사슴 한 마리가 달려와서 살려 달라고 애원했다. 나무꾼은 쌓아 놓은 나뭇더미 속에 사슴을 숨겨 사냥꾼으로부터 구해 주었다. 무사히 살아난 사슴은 나무꾼에게 선녀들이 멱을 감는 연못을 알려주었다. 그리고 선녀들이 멱 감는 틈을 타서 한 선녀의 날개옷을 감추라고 했다. 하늘로 올라가지 못한 선녀를 집으로 데려와 보살피면 아내가 될 것이라고 했다. 그리고 세 아이를 낳기까지는 날개옷을 절대로 보여 주지 말라고 했다.
나무꾼은 연못을 찾아 사슴이 일러준 대로 했다. 선녀들이 다들 하늘로 돌아가는데, 날개옷을 도둑맞은 막내 선녀는 그러지 못하고 울고만 있었다. 나무꾼은 이 선녀를 제 집으로 데리고 와서 아내로 삼았다. 나무꾼은 선녀와 함께 지내며 아이를 둘 얻었다.
아내는 이제 아이를 둘이나 두었으니 제발 날개옷을 보여 달라고 했다. 결국 나무꾼은 날개옷을 꺼내 와서 선녀에게 건네주었다. 아내는 날개옷을 입더니 두 아이의 손을 잡고는 훨훨 날아 하늘로 올라가 버렸다.
혼자 내버려진 나무꾼에게 사슴이 찾아왔다. 사슴은 연못을 다시 찾아가면 하늘에서 두레박이 내려올 것이라고 했다. 나무꾼은 연못으로 가서 두레박을 타고 하늘로 올라가 아내와 아이들을 만났다.
그렇지만 나무꾼은 어머니가 걱정이 되어 다시 지상으로 내려가고자 했다. 아내는 천마 한 마리를 주면서 타고 가서 어머니를 만나되, 무슨 일이 있어도 말에서 내려 땅을 밟지 말라고 했다.
나무꾼은 천마를 타고 지상에 내려와 어머니를 만났다. 어머니는 아들이 좋아하는 팥죽을 끓여 주었고, 아들은 팥죽이 너무 뜨거운 탓에 먹다가 말 등에 흘리고 말았다. 그러자 말이 기겁하고 뛰는 바람에 나무꾼은 땅바닥에 떨어지고 천마는 하늘로 올라가 버렸다. 다시는 하늘로 못 가게 된 나무꾼은 그 자리에서 닭이 되었다. 그래서 수탉이 아침마다 하늘을 보고 우는 것이다. 한국민속대백과 참조

이 설화의 중심인물은 나무꾼과 선녀이다. 나무꾼이 선녀의

날개옷을 숨겨 억지로 결혼하고 아이를 낳은 이야기를 약탈혼이라거나 신부 납치 등 현대의 시각으로 해석하는 것은 설화를 깊이 이해하려는 태도가 아니다. 하늘과 땅을 오르내리는 두 인물은 일상적인 인간이 아니다. 나무꾼과 대화하는 사슴 역시 동물로서의 사슴이라 보기 어렵다.

나무꾼이나 선녀는 모두 입사식을 치르는 존재들이다. 선녀는 하늘에서 땅으로 내려와 나무꾼과 결혼하고 아이를 낳는 등 자신만의 입사식을 마치고 본래의 하늘로 돌아간다. 나무꾼은 땅에서 선녀를 만나 살다가 두레박을 타고 하늘로 올라가 입사식에 성공한 듯 보이나 다시 땅으로 돌아와 되돌아가지 못한다. 입사식에 실패한 것이다. 나무꾼의 실패는 한이 되어 수탉으로 변해 하늘을 보며 우는 존재로 마무리된다.

나무꾼을 주인공으로 보았을 때 그는 사슴을 통해 하늘의 비밀을 알게 된다. 선녀가 오르내리는 연못에 관한 정보와 선녀를 쟁취하는 방법을 알게 된 것이다. 나무꾼에게 하늘의 비밀을 전해준 사슴은 샤먼이었을지 모른다. 나무꾼은 이제 하늘과 연결된 연못, 즉 세계의 중심에서 입사식을 치르는 자가 된다.

그의 입사식은 성공한 것처럼 보인다. 선녀의 날개옷을 숨겨 선녀를 억지로 지상에 머물게 하여 결혼에 이르기 때문이다. 선녀는 아이를 둘이나 낳고도 날개옷에 대한 미련을 버리지 못한다. 선녀의 본향은 하늘이기 때문이다. 나무꾼은 사슴의 정보를 무시하고 자신의 판단에 따라 입사식을 망친다. 날개옷을 보여준 것이다. 나무꾼의 첫 번째 실패다.

사슴은 다시 하늘의 비밀을 알려준다. 두레박을 타고 하늘로 오를 수 있다는 것이다. 어떤 이야기에서는 하늘에 오른 나무꾼이 옥황상제의 시험을 통과한 후에야 비로소 선녀와 재회한다고 한다. 입사식을 마치고 선녀와 재회한 나무꾼은 땅에 둔 어머니를 잊지 못한다.

동아줄을 타고 하늘에 오른 오누이는 해와 달이라는 다른 존재로 거듭난다. 두레박을 타고 하늘에 오른 나무꾼은 다른 존재로 거듭나지도 못하고 땅에 대한 미련을 버리지도 못한다. 마땅히 갱신되어야 할 대지로 되돌아가고자 한다. 오누이가 땅으로 다시 내려가 호랑이를 되살리려 하거나 한량이 지하국으로 다시 내려가 괴물을 구하려 하는 것과 마찬가지 상황인 셈이다. 나무꾼의 두 번째 실패다.

금기가 아니었어도 나무꾼은 지상에 남겨질 존재였던 것. 그는 금기를 깨뜨리고 지상에 버림받아 수탉이 되어 다시 하늘로 돌아가지 못한다. 입사식은 과거의 자신을 버리고 새로운 자아로 거듭나는 의례이다. 알을 깨고 나온 존재는 알 이전의 상태로 돌아갈 수 없다. 주몽을 낳은 유화는 압록강 곁에 살던 시절로 돌아갈 수 없다. 땅에서 솟구쳐 태어난 양을라 · 고을라 · 부을라 등 세 신인은 다시 땅 아래로 내려갈 수 없다. 석탈해와 김수로와 김알지가 다시 궤 속으로 돌아갈 수 없는 것과 마찬가지이다.

어떻게 보면 인간의 삶이 모두 그렇다. 우리는 각자의 삶에서 저마다의 입사식을 치르며 끝없이 과거를 버리고 새로운 미래로 나아가는 존재들이다. 인간의 삶은 온통 입사식으로 점철되어 있다. 탄생, 백일, 돌, 입학식, 졸업식, 결혼식, 장례식 등 온갖 입사식을 거치며 인간은 조금씩 그 이전의 자기를 버리고 새로운 삶으로 거듭난다.

그가 성공적인 입사식을 수행한다면 사회는 그를 환영할 것이고 더 성장한 그를 반길 것이다. 마치 남편이었던 나무꾼을 버리고 아이들만 안고 하늘로 올라갔던 선녀가 자신만의 시험을 통과한 나무꾼을 하늘에서 다시 만나 반겨주듯이.

하지만 누구도 입사식을 거슬러 돌아갈 수는 없다. 입사식에 실패한 사람을 반겨주는 사회도 없다. 요즘 유행하는 문화 중 웹툰이나 웹소설 등이 있다. 웹툰이나 웹소설의 최근 경향은 회귀, 환생, 빙의 등을 주요 소재로 활용한다는 것이다.

특히 회귀가 매우 요긴한 소재로 활용된다. 내가 알고 있는 지식, 내가 경험한 내용을 모두 간직한 채로 이 삶을 한 번 더 살아간다면 더 성공한 삶을 살 수 있을 것 같은 환상과 착각을 모두 품고 있다. 이것은 아마 우리 삶 자체의 고달픔을 해소하기 위한 하나의 방편일 것이다. 삶을 거대한 입사식이라 볼 때 그것을 반복할 수는 없으며, 다시 그 이전으로 돌아갈 수도 없다.

낡은 질서와 대지는 갱신의 대상일 뿐 미련을 가질 필요가 없다. 천지창조 이전의 혼돈으로 돌아갈 것을 꿈꾸는 사람은 없기 때문이다. 나무꾼의 결정적 실패는 그 부분에 있다. 자신이 떠나온 대지로 다시 돌아갔다는 사실. 웹소설이나 웹툰의 주인공과는 다르게 나무꾼은 회귀한 자로 천마를 타고 화려하게 귀환하지만 결국 입사식에 실패하여 과거의 대지에 남겨진다. 옥황상제의 사위는 한낱 수탉이 되어 하늘만 그리워하며 우는 존재로 전락한다. 오누이는 호랑이를 살리러 돌아가지 않는다. 한량은 괴물의 목을 치료하기 위해 지하국을 다시 찾으려 하지 않는다.

우리는 입사식을 지난 후 과거의 추억에 매몰될 필요가 없다. 낡은 질서를 자꾸만 반복하고 그것을 미래의 희망인 양 아름다운 추억처럼 되살리려 애쓰는 것은 부패한 정치인들뿐이다. 세계는 끝없이 갱신되어 새로운 천지창조가 이루어진다. 지나간 삶의 한 자락을 붙들고 그것을 영화로운 추억처럼 되새기기만 하다가는 새로운 미래는 영영 개척하지 못하고 울음으로 세월을 보내는 추한 노인으로 생을 마감하게 될 뿐이다.

### 생각해볼 문제

**1.** 자기 삶에서 가장 중요한 입사식은 무엇이며, 그 입사식에 실패하더라도 다시 돌아가려 애쓸 필요가 없는 이유는 무엇인지 생각해보자.

**2.** <나무꾼과 선녀 설화>를 나무꾼과 선녀의 입사식 이야기라고 보았을 때, 두 사람의 성공담과 실패담은 현재 시점에서 각각 어떤 사회적 의미가 있을지 생각해보자.

# IV. 욕망 성취의 자리

고소설

신화에서 시작한 서사의 구조, 또는 신화에 나타난 상징과 비유 등을 '입사식'이나 '천지창조'라는 단어를 중심으로 생각해 보았다. 그것을 전기 문학과 설화에서도 찾아보는 작업을 진행했다. 이제 서사문학의 꽃이라 할 수 있는 소설을 살펴볼 차례이다.

신화는 신화시대를 살아가던 사람들의 제의와 그것을 통한 탄생의 의미를 중심으로 서사가 진행된다. 신화에서 주인공의 탄생이 집중적으로 조명된 것은 그런 이유에서다. 한 세계를 새롭게 세운 지도자가 어떻게 이곳에 임하게 되었는지 설명하는 것이다. 그가 어떤 과정을 거쳐 어떻게 깨달음을 얻고 우리의 지도자가 되었는지 설명하는 이야기가 신화인 셈이다.

전기는 신화의 구조를 따르면서 실존 인물의 탄생과 출현 등을 함께 언급한다. 비록 실존 인물의 업적을 중심으로 기술하고는 있으나 그 탄생을 설명하는 과정에서 신화 주인공의 탄생이라는 서사구조를 가져온다. 다만 신화의 주인공이 입사식을 통한 인식적 탄생을 하는 인물이라면 전기의 주인공은 아버지와 어머니를 통한 생물학적 탄생을 하는 인물이라는 점이 크게 다르다.

서사의 중심이 된 탄생과 변화는 소설에서도 반복된다. 우리

고소설이 유독 '전傳'의 형식으로 구성된 이유가 그런 까닭이다. 고소설은 대체로 주인공의 탄생과 비전 성취의 과정을 일대기 형식으로 보여주는 구조를 취한다. 고소설이 굳이 일대기 형식을 갖게 된 데에는 신화가 주인공의 탄생을 중심으로 서술되는 것이 영향을 미쳤다.

신화가 그들의 세계를 확립한 지도자의 탄생을 이야기하고 있다면 소설은 그 사회의 욕망을 이야기한다. 소설을 만들고 누리던 시대가 공동으로 꿈꾸던 욕망의 실체를 주인공의 생애를 중심으로 전개하는 셈이다. 그래서 우리는 소설을 읽을 때 자연스레 그 소설이 공유되던 시대의 욕망을 읽는다.

서자로 태어나 신분의 한계를 극복하고 왕이 된 홍길동의 생애를 읽으며 당대 민중들의 욕망을 읽는다. 가난의 한계 속에서 자신의 온몸을 던져 효를 실천하는 심청의 생애, 신분의 차이에 얽매이지 않고 당대 사회가 요구하는 질서인 열의 의지를 끝까지 추구하여 승리를 거둔 춘향의 삶, 상상 속의 이야기를 통해 자기 욕망의 끝자리까지 기어코 확인해 본 양소유와 팔선녀의 이야기, 경제적 궁핍이라는 사회적 한계 상황을 극복하려는 방법의 하나로 판타지를 동원한 흥부의 사례 등을 살펴보면서, 신분 상승, 효와 열, 출장입상出將入相, 부귀영화, 굴하지 않는 용기 등을 함께 욕망하며 살았던 당대의 민중들을 만나게 된다.

지면의 한계상 현대소설까지 살펴볼 수는 없으나 지금 당대의 소설 역시 마찬가지이다. 우리는 소설 문학을 통해 우리 사회의 욕망을 읽는다. 욕망의 성취와 좌절을 통해 우리 사회를 다양한 각도에서 조명해 본다. 소설 문학이 가진 효용성이라 할 수 있을 것이다. 소설이 단순히 재미와 오락만 주는 것이었다면 이렇게 오래 인류와 동행할 수 없었을 것이다. 소설이 단순한 교훈과 성찰만을 주는 어떤 것이었다고 해도 마찬가지다.

우리는 소설 문학을 통해 그 소설을 쓰고 읽는 시대의 사회문제와 민중들의 욕망을 들여다본다. 그 관찰과 감상을 통해 지금 내가 살고 있는 시대의 문제와 욕망을 살펴본다. 더불어 자신의 욕망과 문제를 살펴본다. 그리고 소설 주인공의 욕망 성취와 실패의 과정에 감정을 이입한다. 그런 과정을 통해 시대의 욕망이 가진 성격을 이해하고 자신이 가진 욕망의 실체를 냉정하게 돌아보게 된다. 소설을 읽는 행위가 결국 다양한 방식으로 자신의 의식을 성숙하게 만드는 이유이다.

우리 고소설 작품은 매우 많으나 대중에게 알려진 것은 그리 많지 않다. 어떻게 보면 이미 알려진 작품들조차 실제의 의미를 정확하게 모르는 것들도 많다. 잘 알려진 고소설을 중심으로 이야기의 구조를 살펴보고 인물들의 행위에는 어떤 기능적 특성이 있는지 점검해보자. 그리고 그런 것들이 어떻게 신화의 장르적 관습을 따라 변화해 왔는지 살펴보자. 그리고 그 안에 담긴 대중의 욕망은 무엇인지 알아보자.

이런 작업이 가능하게 되면 다른 소설 문학에 대한 이해도 깊어질 것이다. 아울러 현대소설을 읽고 감상하는 능력도 달라질 것이다. 소설을 읽는 것이 어떻게 사회를 읽는 것이 되는지 더 잘 알게 될 것이다. 소설을 읽어 그 사회 대중들의 욕망을 살펴보는 일도 가능해질 것이다.

한 가지 고려할 것은 고소설은 그 특성상 이본이 많다는 점이다. 목판본, 활자본, 필사본 등 다양한 판본들이 존재하며 판본마다 내용이 조금씩 달라지기도 한다. 그러니 여기에서는 개략적인 줄거리를 중심으로 하여 주인공의 등장과 비전 실현의 과정, 욕망의 실체와 성취 등에 초점을 맞춰 그 이면에 깃든 신화의 특성을 들여다보고자 한다.

**생각해볼 문제**

**1.** 자신이 읽었거나 이미 알고 있는 고소설의 내용을 정리해보고 그 안에 드러난 당대 사회 구성원의 욕망은 무엇인지 생각해보자.

**2.** 욕망을 드러내는 방식을 굳이 '이야기'라는 형식을 통해 구성하게 된 이유는 무엇일지 생각해보자.

# 욕망의 화신 <홍길동전>

뛰어난 능력이 있는 주인공이 혼자 활약하며 온갖 난관을 극복하는 이야기로는 '슈퍼맨'처럼 강력한 것이 없다. 혼자만의 힘으로 지구를 반대로 돌려 시간을 거슬러 올라가는 정도라면 그 가능성 유무를 떠나 작가가 만든 상상력의 절대적 경지에 박수를 보낼 수밖에 없다. 주인공의 능력이 상상을 초월하는 마법이어서 읽는 사람에게 짜릿한 자극을 주는 이야기로는 '해리포터'가 압권이다. 마법의 세계가 별개의 공간에서 펼쳐지기는 하지만 일상과 긴밀하게 연결되어 있다는 설정은 자연스럽게 현실감을 불러오기 때문이다.

그렇게 보면 〈홍길동전〉은 그것을 공유하던 동시대 사람들에게 슈퍼맨이나 해리포터와 같은 파급력을 가진 작품일 것이다. 혼자만의 힘으로 나라의 관리들과 맞서고 임금마저 꼼짝 못 하게 하는 능력은 슈퍼맨과 같다. 일개 서자 하나가 임금을 통제

하다니 당시로서는 압도적인 설정이다. 임금은 절대적인 권력으로 아무도 함부로 할 수 없는 대상이기에 더욱 그렇다. 게다가 홍길동이 쓰는 힘은 도술이다. 타고난 체력은 나이가 들거나 빈틈이 생기면 무너지게 마련이라 임꺽정이나 장길산이 결국 무너지는 것이 자연스러운 까닭이다. 하지만 홍길동의 도술은 해리포터의 마법과 같아서 무한하게 솟아나는 에너지다.

홍길동이 이렇게 절대적인 능력의 초인으로 등장한 것에 큰 거부감을 느끼지 못하는 이유는 탄생의 신비가 자리하고 있기 때문이다. 〈홍길동전〉은 홍길동의 탄생, 활약, 죽음으로 이어지는 전형적인 일대기 구성을 보이는 작품이다. 그의 탄생과 죽음에는 신화적 구조가 고스란히 담겨 있다. 많은 사람이 대체로 흘려 넘기기 쉬운 홍길동의 탄생 부분을 살펴보자.

**선시**先時**에 공이 길동을 낳을 때에 일몽**一夢**을 얻으니, 문득 천상으로서 뇌성벽력이 진동하며 청룡이 수염을 거사리고 공에게 향하여 달아들거늘 놀라 깨달으니 남가일몽**南柯一夢**이라. 공이 심중에 대희**大喜**하여 생각하되, 이제 용몽**龍夢**을 얻었으니 반드시 귀자**貴子**를 낳으리라 하고 즉시 내당**內堂**에 들어가니** 출판의 취지와 의미를 존중하여 이 책에서 인용하는 고소설 원문은 보리 출판사가 겨레고전 문학선집에서 북의 문예출판사의 원문을 수정하여 수록한 부분을 인용하였다.

홍판서가 꿈을 꾸고 난 뒤에 홍길동을 갖게 되었다고 설명한다. 이 부분은 완판본 〈홍길동전〉에서 좀 더 길게 묘사되어 있다.

하루는 승상이 난간에 기대어 잠깐 졸더니 찬바람이 길을 인도하여 한 곳에 다다르니 청산은 깊고 푸른 물은 넓은데, 가는 버들 천만 가지에 녹음이 짙고 황금 같은 꾀꼬리는 봄기운을 즐겨 버들 사이를 오가며 기화요초가 만발하였는데 청학과 백학, 비취와 공작이 봄빛을 자랑하거늘 승상이 경치를 구경하며 점점 들어가니 높은 절벽은 하늘에 닿았고 굽이굽이 푸른 계곡물은 골짜기마다 폭포가 되어 오색구름이 어렸는데 길이 끊어져 갈 바를 모르더니 문득 청룡이 물결을 헤치고 머리를 들어 크게 외치니 산과 골짜기가 무너지는듯 하더니 그 용이 입을 벌리고 기운을 토하여 승상의 입으로 들어오는 것이 보이거늘 깨달으니 평생 대몽이라 속으로 생각하되 '반드시 군자를 낳을 것이다.'하여 즉시 안방에 들어가 몸종을 물리치고 부인을 이끌어 취침하고자 하니 완판본 원문을 필자가 현대어로 풀이함

두 판본의 분위기는 살짝 다르다. 홍판서가 꿈을 꾸고 홍길동을 갖게 되었다는 구조는 같다. 앞에서는 뇌성벽력이 치고 청룡이 달려드는 요란스러운 꿈이고 뒤에서는 환상적인 배경의 비현실적 공간이 등장한다는 차이가 있다. 공통점은 청룡이 홍판서에게 달려들거나 입으로 들어간다는 것이다. 이때 뇌성벽력이 치거나 산과 골짜기가 무너지듯 외치는 소리가 함께 하는 것도 같다.

이런 장면은 장자의 집이 무너져 못이 되거나 소돔 성이 무너져 사해가 되던 순간 천둥 번개가 치는 것과 유사하다. 하늘과 땅이 결합하여 새로운 천지창조가 이루어지는 순간의 묘사이다.

청룡을 삼켜 천지창조를 이룬 홍판서는 곧 청룡과 등가적 관계이다. 어머니를 잡아먹은 호랑이가 어머니와 등가적 관계가

되는 것과 같다. 용의 고대어는 '미르'다. 앞서 살펴본 것처럼 '미르'나 '말'은 중심을 나타내는 고대어 '믈'이나 'ᄆᆞᄅᆞ'와 통하는 단어다. 예로부터 임금을 상징하는 동물이 용으로 묘사된 것은 그가 곧 세계의 중심을 상징하는 존재이기 때문이다.

용을 삼킨 홍판서는 곧 세계의 중심이다. 세계의 질서가 내려온 대지의 표상이다. 게다가 다른 용도 아닌 청룡이다. 청색은 오방색 체계로 볼 때 동쪽, 봄, 시작을 의미하는 색이다. 홍길동은 세계의 중심에서 새로운 시작으로 태어난 존재이다.

〈홍길동전〉이 신화였다면 청룡을 삼킨 홍판서가 곧바로 홍길동을 낳거나, 홍판서는 죽고 홍길동이 태어나는 방식으로 이야기가 전개될 것이다. 하지만 지금은 전기 문학의 시대조차 지난 소설 문학의 시대다. 신화시대는 사라졌다. 이제 모든 존재는 생물학적 탄생을 한다. 태몽을 꾼 부모를 통해서 김유신이 태어나듯이 그저 신기한 탄생담만 남긴 채.

'세계의 질서'와 결합한 대지의 표상인 '세계의 중심'으로서의 청룡과 하나가 된 홍판서. 그가 생물학적 방법으로 홍길동을 낳기 위해서는 부득이 아내가 필요하다. 하지만 소설 속 아내는 양반의 체통을 따지며 이를 거부한다. 결국 홍판서는 여종인 춘섬을 통해 길동을 낳을 수밖에 없다. 그렇게 해서 홍길동은 서자가 된다. 고귀한 신분의 비정상적 탄생이라는 화소에는 맞는 것 같으나 예의범절을 따르는 고루한 당대의 사고방식이 개입하여 태어날 때부터 결함을 갖게 된 셈이다.

그 결함은 본인의 의지나 선택에 의한 것도 아니고 능력의 부족으로 생긴 것도 아닌 사회 구조적 모순에 기인한 것이다. 본래 신화적 존재로 태어나야 할 주인공이 사회 구조적 문제로 결함을 갖고 태어난 것이다. 그러니 주인공은 그 문제의 해결에 집중할 수밖에 없다. 홍길동의 욕망이 빈민 구제나 사회정의의 수립이 아니라 개인의 욕망 실현에 집중될 수밖에 없는 이유이다.

그리하여 홍길동의 첫 번째 욕망 '호부호형呼父呼兄'은 사회적 모순에 대한 극복으로 읽힌다. 아버지를 아버지라 부르고 형을 형이라 부르는 일은 자연스러운 일이다. 서자들은 이 자연스러운 질서에 어긋난 존재들이다. 본인의 의지가 잘못된 것이 아니라 사회의 질서가 잘못된 것이다. 자신을 '소인'이라 칭하고 아버지를 '대감마님'이라 부르는 관계. 자식이지만 자식이 아닌 비정상적 상황이 조성된 것이다.

**소인이 평생 설운 바는 대감의 혈육으로 당당한 남자가 되었사오니 부생모육지은父生母育之恩이 깊삽거늘 그 부친을 부친이라 못 하옵고 그 형을 형이라 못 하오니 어찌 사람이라 하오리까**

서자가 아버지를 아버지라 부를 수 있으면 적자로 인정받는 것이다. 현실적으로는 불가능하다. 그 욕망을 드러내는 자리에 홍길동이 있다. 아버지가 아닌 대감이고 소자가 아닌 소인으로 구별된 뚜렷한 사회적 장벽 앞에서 길동은 스스로 사람이라 할 수 없다고 선언한다.

호부호형이라는 단순한 듯 보이는 이 욕망 안에는 어긋난 사회 질서의 정상적 회복을 꿈꾸는 당시 대중의 욕망이 함께 하고 있다. 홍길동의 이 첫 번째 욕망은 그를 죽이려고 들어온 자객을 살해하고 집을 떠나려 할 때 실현된다.

공이 대경 왈,
"네 무슨 변괴 있관데 어린아이 집을 버리고 어디로 가려 하는다?"
길동이 대 왈,
"날이 밝으면 자연 아시려니와 소인의 신세는 부운浮雲과 같사오니 상공의 버린 자식이 어찌 참소를 두리리이꼬."
하며 쌍루雙淚 종횡하여 말을 이루지 못하거늘, 공이 그 형상을 보고 측은히 여겨 개유開諭 왈[1],
"내 너의 품은 한을 짐작하나니 금일로부터 호부 호형하여라."
길동이 재배再拜 왈,
"소자 일편지한一片之恨을 야야爺爺[2]께서 풀어 주시니 이제 죽어도 한이 없도소이다. 복원伏願 야야는 만수무강하옵소서."
하고 재배 후 작별하니, 공이 붙들지 못하고 다만 무사함을 당부하더라.

세계의 중심에서 세계의 질서를 받아 태어난 홍길동이 자신의 비전을 실현하려면 세상에 나가야 한다. 그것을 위해 홍길동은 자신의 앞에 있는 장애를 스스로 돌파하고 전진한다. 홍길동이 홍판서의 집에 갇혀 있어서는 자신의 역량을 펼칠 수 없다. 홍판서의 집은 이제 갱신되어야 할 낡은 질서의 표상이기 때문이다.

신화적 구조를 적용하자면 홍길동은 홍판서를 죽이고 집을 버려야 할 것이다. 마땅히 갱신되어야 할 호랑이는 땅에 떨어져 피를 흘리고 땅으로 돌아가야 한다. 하지만 그는 대신 자객을 죽이고 '호부호형'을 허락받은 후 집을 떠난다. 그의 첫 번째 입사식이 끝난 셈이다.

홍길동의 두 번째 욕망은 '출장입상出將入相'이다. 그는 스스로 이렇게 고백한 바 있다.

길동이 서당에서 글을 읽다가 문득 서안書案을 밀치고 탄 왈,
"대장부가 세상에 나서 공맹孔孟을 본받지 못하매 차라리 병법兵法을 배워 대장인大將印[3]을 요하腰下에 비껴 차고 동정서벌東征西伐하여 국가에 대공을 세우고 이름을 만세에 빛냄이 대장부의 쾌사快事라. 나는 어찌하여 일신이 적막하여 부형이 있으되 호부 호형을 못 하니 심장이 터질지라 어찌 통탄치 않으리오."
길동이 돌아와 어머니를 붙들고 통곡하여 이르기를 "모친은 소자와 전생 연분으로 이번 생에 모자가 되었으니 구로지은을 생각하면 호천망극하오나 남자가 세상에 나서 입신양명하여 위로 향화를 받들고 부모의 길러주신 은혜를 만분의 하나라도 갚을 것이거늘 이 몸은 팔자 기박하여 천한 인생이 되어 남의 천대를 받으니 대장부가 어찌 구차하게 근본을 지키어 후회를 두겠습니까? 이 몸이 당당하게 조선국 병조판서의 인수를 띄고 상장군이 되지 못할진대 차라리 몸을 산중에 부쳐 세상 영욕을 모르고자 하니 엎드려 바라건대 모친은 자식의 사정을 살피사 아주 버린 듯이 잊고 계시면 후일에 소자 돌아와 오조지정을 이룰 날 있으니 이만 짐작하옵소서."
하고 완판본 원문을 필자가 현대어로 풀이함

스스로 탄식하며 하는 말에 대장부가 세상에 나서 공맹을 본받지 못하면 병법을 외워 대장인을 허리에 차고 동정서벌하여 국가에 큰 공을 세우고 이름을 만대에 빛내는 것이 장부의 쾌사라 하고 있다. 또한 집을 떠나며 어머니에게 하는 말에도 입신양명을 언급하며 구체적으로 조선국 병조판서 인수를 띄고 장군이 되어야 한다고 말한다. 공자는 증자에게 다음과 같이 말했다.

孔子謂曾子曰 身體髮膚受之父母不敢毁傷孝之始也 立身行道揚名於後世以顯父母孝之終也 공자위증자왈 신체발부수지부모불감훼상효지시야 입신행도양명어후세이현부모효지종야 **공자께서 증자에게 일러 가라사대 몸과 머리털과 피부는 부모에게 받은 것이므로 감히 헐게 하여 상하게 하지 않는 것이 효도의 시작이요 몸을 세워 도를 행하여 이름을 후세에 날려 부모를 드러나게 하는 것이 효도의 마침이다.**

그러니 입신양명은 공자의 말씀에서 비롯된다. 그 구체적 실현 목표가 '밖에 나가면 장수가 되고 조정에 들어오면 재상이 된다'고 하는 출장입상出將入相이다. 서자가 집에서 혹 호부호형을 할 수 있을지는 몰라도 출장입상은 별개의 문제다. 그것은 집안의 질서를 넘어서 사회의 질서에 정면으로 맞서는 일이다. 그러니 홍길동의 욕망은 단순한 개인의 욕망이 아니다. 대중의 욕망을 표출하는 일이다. 서자도 입신양명할 수 있는 사회를 꿈꾼다는 것은 사회의 질서를 뒤바꾸는 반역이다.

그런데 그 욕망의 방향이 자신만을 향하고 있다는 한계는 어쩔 수 없다. 어떻게 보면 지금 우리 사회도 그런 상황은 아닐까? 교육을 통한 희망사다리라는 말은 듣기 좋은 노래일 뿐 실상은 도저히 넘을 수 없는 자본주의의 벽 앞에서 다들 미리 좌절하고 사다리를 접고 돌아서는 현실. 여전히 돈과 권력으로 줄 세우기가 진행되는 입시. 대학의 서열이 사회적 위치를 결정하는 모순. 그래도 출장입상을 말로 꺼내지도 못했던 서자들의 세상보다는 이렇게 말이나마 할 수 있는 세상이니 조금은 낫다고 해야 할까?

어쨌든 홍길동의 두 번째 욕망은 탐관오리를 징계하고 가난한 백성을 구제하고 전국을 혼란에 빠뜨린 후에야 비로소 이루어진다. 홍길동을 제어할 수 없는 왕이 마지못해 하사한 벼슬이 병조판서다. 허울뿐인 벼슬이라 해도 어쨌든 홍길동은 어그러진 사회 질서 속에서 대중들이 꿈꾸던 출장입상의 욕망을 대리로 실현하는 영웅이 된다.

이 작품이 사회소설의 성격이 강하다면 이후에 홍길동은 자신의 자리에서 최선을 다해 백성을 구제하고 좀 더 살기 좋은 세상을 만드는 일에 매진했을 것이다. 하지만 그의 욕망은 멈추지 않는다.

홍길동의 세 번째 욕망은 '위로 향화를 받드'는 일이다. 향화는 향을 피운다는 뜻으로 '제사'를 의미한다. 위로 향화를 받든다는 말은 자신이 조상의 제사를 모시겠다는 뜻이다. 그것은 적자이자 장자만 할 수 있는 일이었다. 단순히 호부호형으로 그칠 문제가 아니다. 사회가 공통으로 따르는 질서를 깨고 자신만의 새로운 질서를 세우겠다는 파격이다.

당시 사회에서는 터무니없이 들릴 이 욕망은 결국 소설 마지막 부분에서 온전히 이루어진다. 홍길동은 자신의 아버지가 세상을 떠난 후 그 묘를 자기 땅으로 옮겨 거기서 제사를 지낸다. 관혼상제의 마지막 절차까지 독점함으로써 홍길동은 자신이 속한 세계를 자신의 질서대로 움직이는 존재가 된다. 슈퍼맨이 자기 마음대로 시간을 되돌리듯이 세계의 질서를 자신의 의지대로 돌린 셈이다.

이제 〈홍길동전〉을 정리해보자. 이 소설은 주인공의 탄생에서부터 신화의 구조를 따른다. 세계의 질서와 대지의 결합으로 태어나는 신화의 주인공을 모방한다. 하지만 그 형식적 측면에서 생물학적 탄생을 할 수밖에 없기에 부득이 부모에게 태어나는 방식을 취한다. 그 과정에서 사회 구조적 모순의 단서가 작동한다. 적자가 아닌 서자로 태어나는 것이다. 주인공 홍길동은 타고난 능력으로 사회 구조적 모순에 맞서는 존재처럼 보인다.

하지만 그가 추구하는 것은 결국 그 자신의 욕망일 뿐이다. 호부호형을 하는 일, 출장입상을 이루는 일, 조상의 향화를 받드는 일 등 서자라는 위치에서 도저히 이룰 수 없는 일들을 이루지만 그것이 곧 사회의 욕망을 실현하는 단계로 나아가지 못한다. 물론 그의 욕망은 기존 사회의 질서에 맞서는 일이 되므로 얼핏 사회문제 해결을 위한 소설로 보이기도 한다.

하지만 그는 궁궐을 마음대로 드나드는 능력까지 있으면서도 직접 국왕을 물리치고 국민이 주인이 되는 세계를 조성할 의지는 없다. 오히려 자신이 율도국을 침범하여 스스로 왕이 된다. 서자의 설움을 가졌던 인물이 두 여인을 부인으로 삼는다. 사회소설이라기보다는 일인 영웅소설이 맞다.

그가 추구한 욕망은 당대 민중들의 욕망이다. 적서 차별의 문제는 알고 있으나 그 차별에서 벗어나기를 원할 뿐 차별의 뿌리가 되는 사회 질서를 재편할 의지는 없다. 더 나아가 왕권을 물리치고 민중이 주인이 되는 세계를 만드는 데까지 발전하지 못한다. 홍길동 자신이 새로운 질서의 주인공으로 태어났으면서도 그가 수행한 비전은 결국 그 자신의 욕망 실현에만 집중된 셈이다. 이것은 결국 작자의 한계이자 그 시대 민중의 한계일 것이다. 아직 온전한 민주주의가 오기 어려운 세계에서 슈퍼맨의 능력과 해리포터의 마법은 자신의 욕망 실현을 위한 도구로 축소될 수밖에 없다. 아쉬운 일이다.

**생각해볼 문제**

**1.** 홍길동은 자객을 물리치고 호부호형을 허락받고, 탐관오리를 징계하고 병조판서가 되고, 율도국 왕을 물리치고 아버지의 제사를 받들게 되는 등 과업 수행 후 욕망을 실현하는 과정을 반복한다. 이러한 이야기 구조를 통해 〈홍길동전〉 전체를 하나의 입사식 구조라고 볼 수 있을지 생각해 보고 다른 소설에도 이런 구조를 적용할 수 있는지 알아보자.

**2.** 홍길동이 직접 왕을 물리치고 국민이 주인이 되는 세상을 만들지 못한 이유는 무엇일지 생각해보자.

# 샤먼의 자격 〈심청전〉

이미 알고 있는 바와 같이 〈심청전〉, 〈흥부전〉, 〈토끼전〉, 〈춘향전〉 등의 소설은 적층 문학의 성격이 강하다. 한 사람의 단독 창작으로 이루어진 문학이 아니라 여러 설화가 층층이 쌓여 구성된 소설이라는 뜻이다.

〈심청전〉의 배경이 되는 설화는 효녀 지은 설화, 거타지 설화, 인신 공희 설화, 인주 설화, 맹인 득안 설화 등이 있다. 모두 효, 희생, 기적 등을 주제로 한 설화다. 당연히 〈심청전〉의 주제는 '효孝'이다. 그에 대해 여러 가지 다양한 해석들이 있기는 하다. 심청이 철없는 아버지를 봉양하는 것에 지쳐 스스로 죽음을 택한 것이라는 극단적 해석도 있는 것을 생각하면, 언뜻 맹목적으로 보이기까지 하는 심청의 '효' 앞에서 다수의 독자가 피로감을 느끼는 것도 사실이다. 그래도 주제는 여전히 그의 짙은 효성에 있다.

하지만 심청이 인당수에서 돌아와 황후가 된 후에 아버지를 잊지 못해 맹인 잔치를 벌이는 장면을 보면, 그는 분명 공양미 삼백 석으로 아버지가 눈을 뜰 것이라는 확신이라곤 없었던 사람으로 보인다. 그런 확신이 있었다면 끝까지 도화동에 거주했던 심학규를 찾으면 될 일이지 굳이 맹인 잔치를 벌일 이유가 없을 것이기 때문이다. 〈심청전〉의 주제로서 '효'의 문제에 관한 시비가 반복되는 이유 중 하나이다.

또한 서사의 흐름에서 아버지를 위한 심청의 극단적 희생이 강조된 나머지 소설 전체의 틀을 바라보는 힘을 잃게 될 수도 있다. 그러니 소설 문학의 근간이 되는 신화적 구조에 바탕을 두고 다시 살펴보자.

일대기 구조의 보편적 방식에 따라 〈심청전〉의 시작도 주인공의 탄생부터 언급한다. 도화동에 사는 심학규는 음전하다고 칭송을 받는 곽씨 부인과 잘 살다가 나이 마흔이 되도록 슬하에 자식이 없음을 안타깝게 여기고 눈먼 자식이라도 낳으면 평생 한을 풀 것이라 말한다. 곽씨 부인 역시 자식 없는 것이 자기 불찰이라 하면서 공을 들여보겠다고 한다.

**"여보 마누라, 거기 앉아 내 말씀 들어 보오. 중략 그러나 내 마음에 지원至冤한 일이 있소. 우리가 연광年光이 사십이나 슬하에 일점혈육이 없으니 조상 향화祖上香火를 끊게 되니 죽어 황천에 돌아간들 무슨 면목으로 조상을 대하오며 우리 양주 사후 신세 초종장례初終葬禮 소대기小大朞며 연년 오는 기제사며 밥 한 그릇 물 한 모금 뉘라서 떠 놓으리까. 병신 자식이라도 남녀간 낳아보면 평생 한을 풀 듯하니 어찌하면 좋을는지 명산대천에 정성이나 드려보오."**

"옛글에 있는 말씀 불효 삼천에 무후위대無後爲大라[4] 하였으니 자식 두고 싶은 마음이야 뉘 없사오리까. 중략 지성껏 하오리다." 이렇게 대답하고 그날부터 품을 팔아 모은 재물 왼갖 정성 다 드린다.

우리 조상들은 예로부터 자식을 얻기 위해 산천을 찾아 제사하는 일을 반복했다. 어떤 사람은 이러한 행위를 미신이 만연한 사회의 특성이라며 헐뜯기도 한다. 하지만 산천에 제사하여 아이를 낳는다는 의식의 뿌리는 신화에서 나온 것이다. 앞에서 살펴본 숱한 신화의 주인공이 산천에서 이루어진 의례를 통해 입사식을 거쳐 지도자로 거듭났다.

이러한 사고는 오랜 세월에 걸쳐 사람들의 의식을 차지하게 되었을 것이다. 세월이 흐르며 입사식을 통한 인식적 탄생에 대한 의미를 잊어버린 사람들은 누군가가 태어나는 일은 산천에 제사한 결과라고 받아들이게 된다. 하늘에서 땅에 내려온 질서가 모태를 통해 어린아이로 태어난다는 생각이 자리 잡은 것이다.

산천에 제사하는 의식을 통해 신화의 주인공이 깨달은 자로 태어나는 의식은 이제 개인의 생물학적 탄생과 직접 연결되는 의례로 바뀐 것이다. 아이를 낳고 싶으면 명산대찰에 제사하러 갈 필요가 없음은 삼척동자도 아는 일인데.

갑자 사월 초파일날 꿈 하나를 얻었으니 이상 맹랑하고 괴이하다. 천지 명랑하고 서기瑞氣 반공盤空하며 오색채운 두르더니 선인 옥녀 학을 타고 하늘로서 내려온다. 중략 선녀의 고운 모양 애연히 여쭈오되,

"소녀는 다른 사람 아니오라 서왕모西王母의 딸이러니, 반도蟠桃[5] 진상 가는 길에 옥진비자玉眞妃子 잠깐 만나 수작하옵다가 때가 조금 늦었기로 상제께 득죄하고 인간으로 정배定配하여 갈 바를 모르더니, 태상노군太上老君, 후토부인后土夫人[6], 제불보살, 석가님이 댁으로 지시하여 지금 찾아왔사오니 어여삐 여기소서."

하고 품에 와 안기거늘, 곽씨 부인 잠을 깨니 남가일몽이라. 양주 몽사夢事를 의논하니 둘의 꿈이 한가지라, 태몽인 줄 짐작하고 마음에 희한하여 못내 기뻐 여기더니 그달부터 태기 있으니 신불의 힘이런가 하늘이 도우심이런가. 부인이 정성이 지극하므로 하늘이 과연 감동하심이러라.

청룡을 삼킨 꿈을 태몽이라고 인식했던 홍판서처럼 선녀가 품에 안기는 꿈을 꾼 곽씨 부인과 심학규 역시 태몽이라고 생각한다. 산천에 제사하고 태몽을 꾸고 실제 잉태하게 되는 흐름은 입사식을 통한 인식적 탄생이 개인의 생물학적 탄생으로 전환하면서 자연스럽게 형성된 사고체계이다.

심청은 상제에게 죄를 지은 선녀의 환생으로 태어난다. 그 본래 온 곳이 천상계이니 마땅히 그리 돌아가야 할 존재다. 하지만 이것은 우리가 발 딛고 사는 현실과는 까마득하게 먼 이야기다. 우리는 천상계에서 오지도 않았으며 그리로 돌아가지도 않을 것이다.

존재가 하늘에서 내려왔다는 인식, 그 존재가 땅에 잠시 머

물다가 다시 돌아간다는 인식은 판타지이다. 그것을 지금도 여전히 몸으로 체현하는 사람들은 종교인들이다. 신화시대의 주인공들이 입사 의례를 통해 세계의 질서를 자신의 정신으로 받고, 자기 몸을 질서가 내린 지모신으로 삼아 새롭게 태어난다는 인식이 아직 남아있는 것은 종교인들인데 그중에는 샤먼들도 포함된다. 지금도 신내림을 받는 무당들은 이런 인식 체계를 가진다.

신은 사람들의 염원에 따라 하늘에서 내려왔다가 사람들에게 공수를 주고 다시 돌아간다. 이처럼 신이 내려와 인간의 문제를 해결하는 과정이 축약된 제의가 굿이다. 굿의 절차를 개략적으로 살펴보자. 굿은 일반적으로 청배, 찬신, 축원, 공수, 공수의 실행, 송신, 음복의 절차로 진행된다.

'청배'는 신을 모셔 오는 단계이다. 자신들이 원하는 신격을 호명하는 단계이다. '찬신'은 신의 내력을 소개하는 단계이다. '찬신'의 단계에서 신화가 구술된다. '축원'은 인간이 신에게 원하는 바를 아뢰는 단계이다. 원하는 바를 이루기 위해 어떻게 해야 하는지를 묻는 단계이기도 하다. '공수'란 신이 인간의 축원에 응답하는 단계이다. 어떻게 하면 축원을 성취할 수 있는지 구체적인 방법을 알려주는 단계이다. 신이 알려준 방식대로 공수를 실행하는 것이 주술이다. 주술적인 언사나 행위나 주가呪歌 등이 나타난다. 공수를 실행하고 나면 '송신'의 단계로 신을 돌려보내는 절차가 진행되고, 마지막으로 제의에 차려진 음식을 나눠 먹는 '음복'으로 굿이 마무리된다.

이처럼 굿에는 신이 오고 가는 단계가 명확하게 존재한다. 굿은 전체적으로 어떤 결핍의 상황이 발생하고 그 결핍의 해결책을 신에게 의탁하여 풀어내는 과정을 제의로 표현한 것이다. 그렇게 본다면 〈심청전〉 역시 거대한 하나의 제의라고 할 수 있다.

〈심청전〉에서 등장하는 결핍의 상황은 심학규가 앞을 보지 못한다는 사실이다. 그의 집이 가난하다는 사실이나 그가 자식이 없다는 사실 등이 소설 전체를 압도하는 결핍의 문제는 아니다. 소설의 결말에 가서 궁극적으로 해결되는 문제는 심학규의 시력 회복이기 때문이다.

> 심 황후 이 말을 들으시매 말을 마치기 전에 벌써 눈에 피가 두르고 뼈가 녹는 듯하여 부친을 붙들어 일으키며,
> "애고 아버지, 눈을 떠서 나를 보옵소서."
> 이 말을 심 봉사 듣고 어떻게 반가웠던지, 두 눈 번쩍 뜨이니, 심 봉사 놀라서 두 손으로 눈을 씩씩 부비며
> "으으, 이게 웬 말이냐. 딸 심청이가 살단 말이 웬 말이냐. 내 딸이면 어디 보자."
> 하더니, 백운이 자욱하며 청학 백학 난봉鸞鳳 공작 운무 중에 왕래하며 심 봉사 머리 위에 안개가 자욱터니 심 봉사의 두 눈이 활짝 뜨이니 천지일월 밝아 왔구나.

시종일관 무능한 캐릭터에 불과한 심학규가 끝까지 살아남아 결국 눈을 떠서 환호하는 장면을 보면 이 소설에서 해결해야 하는 궁극의 결핍 상황은 그가 앞을 보지 못한다는 사실이다. 그리고 이것은 신의 능력이 아니고서는 도저히 해결할 수 없는 과제,

인간은 결코 도달할 수 없는 영역이기도 하다.

제의의 과정이라는 구조로 볼 때 이 소설에서 해결해야 할 결핍은 심봉사가 앞을 보지 못한다는 사실이다. 이 결핍의 상황을 해결하기 위해 신을 부른다. 청배의 결과 곽씨 부인의 몸을 빌려 내려온 신은 하늘에서 죄를 짓고 온 선녀 심청이다.

그는 곽씨 부인의 몸을 빌려 이 땅에 내려온 새로운 질서이기도 하다. 새로운 질서가 도래했으니 갱신되어야 할 대지의 표상인 곽씨 부인은 떠나야 한다. 그래서 곽씨 부인은 심청을 낳고 죽는다. 이제 새로운 질서로 이 땅에 내려온 선녀 심청은 자기 능력을 발휘해야만 할 텐데 세상은 만만치 않고 환경은 열악하며 그가 할 수 있는 일이란 궁극적으로 자신을 온전히 버리는 일뿐이다.

결핍의 해소를 위한 축원의 결과 내린 신의 공수는 심청이 자기 목숨을 버려야만 한다는 엄중한 명령이다. 실제로 심청은 장승상 부인을 통해 공양미 삼백 석을 마련할 수 있는데도 도저히 이해하기 힘든 이유를 말하며 스스로 제물이 되기를 선택한다.

**손 끌고 들어가서 심청을 앉힌 후에,**
**"쌀 삼백 석 줄 것이니 선인 불러 도로 주고 망령 의사 먹지 마라."**
**심청이 그 말 듣고 한참 생각다가 천연히 여쭈오되,**
**"당초 말씀 못한 일을 후회한들 어찌하며 또한 몸이 위친爲親하여 정성을 다하자면 남의 무명색한 재물을 바라리까. 백미 삼백 석을 도로 내준다 한들 선인들도 임시 낭패 그도 또한 어렵삽고, 사람이 남에게다 한번 몸을 허락하여 값을 받고 팔렸다가 수삭이 지낸 후에 차마 어찌 낯을 들고 무엇**

이라고 보오리까. 노친 두고 죽는 것이 이효상효以孝傷孝[7]하는 줄은 모르는 바 아니로되 천명이니 하릴없소. 부인의 높은 은혜와 어질고 착한 말씀 죽어 황천에 돌아가서 결초보은하오리다."

심청이 장 승상 부인의 제안을 거부한 것을 쉽게 이해할 수 없었던 한 작가는 〈그녀의 심청〉이라는 탁월한 웹툰을 만들기도 했다. 심청이 자신을 물에 던져 죽음으로써 아버지의 눈을 뜨게 만들겠다는 결심을 당대 사회의 관념에 따라 가장 적절히 표현한 것이 '효孝'이다. 그리고 제의적 절차로 보면 심청은 공수를 온전히 실행한 셈이다.

심청은 물에 빠졌으나 곧바로 죽지 않고 용왕을 만난다. 죽음을 통해 신과 만났다는 것은 샤먼의 성무 의례에서 샤먼들이 제의적 죽음을 체험하고 접신의 단계에 들어가 신과 만나는 것과 같다. 심청은 자신을 제물로 삼아 접신한 존재가 되는 셈이다. 제의적 죽음을 경험하고 돌아온 존재는 이전과 다른 차원의 존재로 거듭난다.

그것은 당시 대중들의 기준으로 보자면 도저히 이룰 수 없는 신분의 변화로 묘사된다. 일개 여인이 하루아침에 황후가 되는 것이다. 그리고 그 절대적 변화의 힘으로 아버지의 눈을 뜨게 한다. 공수의 실행을 통한 축원의 성취이다. 그가 심학규를 찾지 않고 굳이 맹인 잔치를 통해 다수의 사람이 모여 축제의 분위기를 연출하도록 한 것은 모든 제의의 끝자리에 이루어지는 음복의 현장을 보여주는 느낌이 들기도 한다.

〈심청전〉은 물론 우리 사회의 절대적 가치인 효를 실현하기 위한 주인공의 처절한 희생을 보여주는 작품이다. 하지만 인간의 힘으로 도저히 극복할 수 없는 문제를 해결하기 위한 제의의 과정이라는 측면에서 볼 때 〈심청전〉은 새로운 느낌으로 다가온다. 이제 우리는 〈심청전〉을 절대적인 효녀가 가져온 놀라운 기적으로만 읽던 독서에 하나의 독법을 더 추가하게 되었다.

신화시대의 주인공들이나 샤먼의 성무 의례에서처럼 심청은 제의적 절차의 입사식을 통해 스스로 제물이 되어 제의적 죽음을 체험하고 절대적 능력을 갖춘 존재로 거듭나 아버지의 눈을 뜨게 하는 존재가 된 것이다. 무릇 제한된 현실을 살아가는 인간이 자신의 한계를 뛰어넘기 위해서는 일상의 시공간을 넘어서는 체험이 필요할 때가 있다.

우리가 문학을 공부하는 것도 그런 것이 아닐까? 문학은 단순한 시험문제 풀이용 도구가 아니다. 단순히 시험문제를 풀고 대학에 진학하려는 평범한 일상을 넘어서 문학에 담긴 내밀한 힘을 발견하고 그것을 온몸으로 체험하여 나 자신이 새로운 차원으로 도약하는 그런 의미의 문학을 경험해보는 것은 어떨까?

## 생각해볼 문제

**1.** <심청전>을 하나의 제의적 구조로 보았을 때 새로운 해석이 가능하다면 다른 소설도 그런 적용이 가능할 것인지 생각해보자.

**2.** 효도를 실천하며 사는 일은 때로 일상적 한계를 넘어서는 일이 되기도 한다. 그런 관점에서 우리가 정의와 공평 등 도덕적 가치를 실천하는 일 자체가 일상의 차원을 넘어서는 신비한 체험은 아닌지 생각해보자.

# 부활의 동굴 〈춘향전〉

보편적인 생각에 따르면 〈심청전〉의 주제가 '효孝'인 것처럼, 〈춘향전〉의 주제는 '열烈'이다. 〈춘향전〉의 대표적 이본의 제목이 완판본으로 출판된 〈열녀춘향수절가〉라는 것만 보아도 알 수 있다. 자식이 어버이를 잘 섬기는 도리를 일컬어 '효'라고 하듯이 부녀자가 남편에 대한 지조를 지키는 것을 '열'이라 한다. 충효열은 유교 문화 시대의 대표적 도덕관이었다.

충신이 나라에 대해 절개를 지키듯이 부녀자가 지아비에 대한 절개를 지킨다는 이 관념은 자식이 어버이를 섬기는 도리처럼 천륜에 가까운 것으로 생각되었다. 게다가 지조와는 가장 거리가 먼 기생이 절개를 지킨다는 것은 일반인의 인식 체계를 뛰어넘는 사건인 셈이다. 일상의 관점을 뛰어넘는 춘향의 지조는 많은 사람의 칭송을 받는 도덕관념인 것이 맞다.

그렇다면 신화의 장르적 관습을 따르는 소설 문학 체계의 측면에서, 또 소설 문학이 당대 민중의 욕망을 반영하는 장르라는 측면에서 보면 어떤 사실을 더 찾아볼 수 있을까?

춘향은 기자 정성을 통해 태몽을 얻어 태어난 심청과 비슷하게 태어난다. 성 참판과 함께 사는 전북 남원의 퇴기 월매는 나이 사십이 되도록 자식이 없자 명산대찰에 빌어 자식을 낳고 싶다는 뜻을 참판에게 전한다. 성 참판의 부정적 생각과 달리 반야봉에 올라 빌고 난 월매는 태몽을 꾼다.

이때는 오월 오일 갑자甲子라. 한 꿈을 얻으니 서기瑞氣 반공半空하고 오채五彩 영롱하더니 일위一位 선녀 청학青鶴을 타고 오는데 머리에 화관이요 몸에는 채의彩衣로다. 월패月佩[8] 소리 쟁쟁하고 손에는 계화桂花 일지一枝를 들고 당堂에 오르며 거수장읍擧手長揖[9]하고 공순히 여쭈오되,
"낙포洛浦의 딸[10]이러니 반도蟠桃[11] 진상進上 옥경玉京 갔다 광한전廣寒殿[12]에서 적송자赤松子[13] 만나 미진정회未盡情懷하올 차에 시만時晩함이 죄가 되어 상제上帝 대로하사 진토塵土에 내치시매 갈 바를 몰랐더니 두류산 신령께서 부인 댁으로 지시하기로 왔사오니 어여삐 여기소서."
하며 품으로 달려들새 학지고성鶴之高聲은 장경고長頸故라[14] 학의 소리 놀라 깨니 남가일몽南柯一夢이라.

늦도록 자식이 없어 명산대찰에 빌고 그로 인해 태몽을 얻었는데 하필 전생에 선녀가 죄를 지어 지상으로 쫓겨난 것이라 말하고 그로 인해 아이를 갖게 된다. 이 모든 과정이 심청과 유사하다. 심청의 태몽이 사월 초파일에 나타난 것은 석가의 탄생을

모방한 것이고, 춘향의 태몽이 오 월 오 일에 나타난 것은 중오일로서 궁예의 탄생일과 같다. 춘향이 이몽룡과 만나는 날 역시 오 월 단옷날이다.

주인공의 탄생과 관련한 신비로운 서술은 신화의 구조를 따르는 장르적 관습이다. 춘향은 단순한 서사의 주인공이 아니라 신화적 주인공의 구조를 따르는 비범한 인물이다. 물론 이런 신기한 태몽을 꾸는 것 또한 신화에서 주인공이 탄생하는 것을 모방한 것이라 볼 수 있다.

고소설의 주인공은 모두 비범한 인물로 태어나지만 일정한 결함이 있다. 그 결함의 의미는 나중에 다시 살펴볼 것이다. 심청이 선녀의 환생으로 태어나지만 앞을 보지 못하는 홀아버지 밑에서 온갖 고생을 다 하듯이, 춘향 또한 상제에게 죄를 얻어 인간 세상으로 쫓겨난 몸이지만 퇴기의 딸이라는 신분적 한계가 커다란 제약이 된다.

춘향이 자신의 환경을 극복할 현실적 방법은 없다. 어머니의 신분을 따르는 사회 제도의 태생적 한계를 극복할 방법이 없는 것이다. 홍길동이 도술을 부려 도저히 극복할 수 없는 사회적 제약을 극복한 것처럼, 개인의 힘으로 도저히 극복할 수 없는 사회적 제약을 뛰어넘어 신분 상승의 욕망을 실현한 춘향의 도술은 이몽룡이라는 양반의 자제를 활용하는 방법이었다.

〈춘향전〉은 춘향이라는 인물의 거대한 욕망이 작품 전체를 통해 어떻게 구체적으로 실현되는지 보여준다. 춘향은 자신의 태생적 한계를 극복하는 길이 오로지 양반과 결합하는 길 외에는 없음을 알고 있다. 신분의 한계로 기생의 딸은 정실부인이 될 수조차 없다. 나면서부터 터득한 도술도 없고 그를 도와줄 용왕도 없다. 신비한 태몽을 통해 비범한 존재로 태어났으나 전 생애를 걸고 통과해야 할 입사식의 과업은 너무 막중하다.

심청이 죽음으로써만 자신의 과업을 수행할 수 있었던 것처럼 춘향 역시 죽음에 가까운 뭔가를 수행해야만 한다. 나약한 여성으로서 할 수 있는 선택은 그 시대가 여성들에게 족쇄처럼 걸어놓은 그 이념을 활용하는 것이다. 춘향은 자신에게는 주어지지도 않은 도덕관념을 자신의 무기로 활용한다.

충신은 불사이군不事二君이요 열녀 불경이부절不更二夫節은 옛글에 일렀으니 도련님은 귀공자요 소녀는 천첩이라 한번 탁정托情한 연후에 인하여 버리시면 일편단심 이내 마음 독숙공방獨宿空房 홀로 누워 우는 한은 이내 신세 내 아니면 뉘가 그일꼬. 그런 분부 마옵소서.

이렇게 생각해볼 수 있다. 기생의 딸인 춘향은 어머니와 같은 운명을 걷게 되어 있다. 하지만 그것을 도저히 받아들일 수 없던 춘향은 사또 자제 이몽룡을 활용한다. 평소 방자와 친하게 지내던 춘향은 단옷날 그를 이용해 이몽룡을 광한루로 나오도록 끌어낸다. 이몽룡이 볼 수 있는 곳에 자리를 잡고 속옷을 보여 가며 그네를 뛰다가 결국 그의 부름에 마지못해 응하는 듯 만나게 된다.

춘향은 첫 만남에서부터 '열녀는 불경이부'라는 말로 자신의 전략을 밝힌다. 기생의 딸이 내놓을 카드도 아니고 그런 말을 꺼낼 자격도 없지만 이미 춘향의 외모에 반한 이몽룡에게는 아무 소리도 들려오지 않는다. 이몽룡은 급기야 그날 밤 곧바로 춘향의 집을 찾아 월매에게 '금석뇌약金石牢約'의 약조를 다짐하고 초례를 치른다.

이몽룡이 춘향과 달콤한 시간을 보내고 있다는 것은 이미 남원에 소문이 자자하게 났다. 이제 이몽룡은 춘향을 첩으로 데려가야 할 텐데 그에게는 아직 그럴 역량이 마련되어 있지 않다. 이몽룡 자신도 자립할 수 있는 성인 양반이 되려면 과거에 급제해야 하는 과제가 있기 때문이다.

춘향에게는 몇 가지 선택지가 있다.

하나는 한양으로 떠난 이몽룡을 끝까지 기다렸다가 그가 자신을 잊지 않고 부르면 겨우 그의 첩으로 들어가 사는 것이다.

다른 하나는 새로운 사또가 부임했을 때 그의 어머니가 그렇게 했듯이 사또를 잘 모시고 그의 첩으로 들어가는 것이다.

또 다른 하나는 기생의 딸이 합법적 혼약이 아닌 상태의 남자를 대상으로 절개를 지키겠다고 주장하며 사또의 수청을 거부하는 것이다.

이 가운데 세 번째는 최악의 선택지이며 결국 죽음에 이를 수도 있는 방법이다. 그런데 춘향은 이 세 번째 방법을 선택한다. 우리는 흔히 춘향을 절개가 높은 여성의 상징처럼 생각한다. 하지만 그가 선택한 방법, 기생이 절개를 지키겠다는 것은 자신의 목숨을 건 가장 치열한 투쟁의 방식인 셈이다.

춘향이 선택한 세 번째 선택지의 시나리오에 따라 이몽룡은 다시 오겠다는 헛된 약속만 남긴 채 한양으로 올라간다. 뒤이어

신관 사또 변학도가 내려온다. 그는 이미 춘향의 소문을 듣고 남원에 오자마자 기생 점고부터 하여 수청을 명한다. 춘향은 이미 자신이 결정한 선택지에 따라 신관 사또를 자극하여 곧바로 투옥된다.

- 충불사이군忠不事二君이요 열불경이부절烈不更二夫節을 본받고자 하옵는데, 수차 분부 이러하니 생불여사生不如死이옵고 열불경이부烈不更二夫오니 처분대로 하옵소서
- 충효 열녀 상하 있소? 자상히 듣조시오. 기생으로 말합시다. 충효 열녀 없다 하니 낱낱이 아뢰리다.
- 사람의 첩이 되어 배부기가背夫棄家 하는 법이 벼슬하는 관장님네 망국부주忘國負主 같사오니 처분대로 하옵소서.
- 유부有夫 겁탈하는 것은 죄 아니고 무엇이오?

변 사또 앞에서 하는 춘향의 대사 하나하나는 모두 자신이 절개를 지키는 것을 두 임금을 섬기지 않는 것과 같은 선상에 두고 하는 말이다. 급기야 자신에게 수청을 명하는 것을 유부녀 겁탈로 명명하기에 이른다. 사또를 자극하는 이런 발언들은 결국 그가 원하는 바대로 자신을 곧바로 투옥되는 길로 이끈다. 춘향은 이미 죽기로 각오한 것이다. 살아봐야 그 어머니 월매처럼 우울한 기생의 삶을 반복하는 미래가 확정된 인생이 아닌가?

기생으로 살아갈 남루한 인생을 버리고 열녀로 죽기를 각오한

춘향의 의지는 당시 민중들의 소망이기도 했으리라. 죽는 것 외에는 지독한 신분적 차별을 이길 수 없다는 절망적 탄식의 구덩이에서 살아가는 민중들에게 춘향의 저항이 보여준 응원의 메시지는 얼마나 절박했을까?

이제 죽음을 앞둔 춘향은 자신의 욕망을 조금도 숨기지 않고 말한다. 감옥에 찾아온 이몽룡에게 그가 남긴 유언은 이렇다.

서방님, 내 말씀 들으시오. 내일이 본관 사또 생신이라 취중에 주망酒妄나면 나를 올려 칠 것이니, 형문刑問 맞은 다리 장독杖毒이 났으니 수족인들 놀릴쏜가. 만수우환萬愁憂患 헝클어진 머리 이렁저렁 걷어 얹고 이리 비틀 저리 비틀 들어가서 장폐杖斃[15]하여 죽거들랑 삯군인 체 달려들어 둘러업고 우리 둘이 처음 만나 놀던 부용당의 적막하고 요적한 데 뉘어 놓고 서방님 손수 염습斂襲하되 나의 혼백 위로하여 입은 옷 벗기지 말고 양지 끝에 묻었다가 서방님 귀히 되어 청운에 오르거든 일시도 둘라 말고 육진장포六鎭長布 개렴改殮[16]하여 조촐한 상여 위에 덩그렇게 실은 후에 북망산천 찾아갈 제, 앞 남산 뒤 남산 다 버리고 한양으로 올려다가 선산先山 발치에 묻어주고 비문에 새기기를 '수절원사守節冤死 춘향지묘春香之墓'라 여덟 자만 새겨 주오. 망부석이 아니 될까. 서산에 지는 해는 내일 다시 오련마는 불쌍한 춘향이는 한 번 가면 어느 때 다시 올까. 신원伸冤이나 하여 주오. 애고애고 내 신세야.

죽기를 각오하고 남긴 유언에는 춘향의 욕망이 숨김없이 담겨 있다. 첩도 아닌 자신을 이몽룡의 선산에 묻어달라는 것이다. 그것은 죽어서라도 양반 가문의 정실부인이 되고야 말겠다는 강한 의지의 표현이다. 당신을 사랑한다느니 죽기까지 잊지 않겠다느니 하는 연애 감정은 하나도 드러나지 않는다. 그저 절개를 지키다가 원통하게 죽은 자신의 원한을 씻어달라는 것 말고는 없다. 이쯤 되면 춘향이 과연 이몽룡을 사랑한 것인지 의문이 들기도 한다.

그러니 우리는 이렇게 생각해볼 수도 있다. 춘향은 이미 이몽룡이 어사가 된 사실을 알고 있으며 마지막 순간까지 이몽룡의 순정을 자극하여 자신의 소원을 이루는 시나리오를 완성한 것이라고. 춘향이 매를 맞고 옥에 갇혔을 때 잠깐 잠들어 꿈을 꾸는데 이것이 흉몽인 것 같아 점을 치는 봉사를 불러 해몽하는 장면이 나온다.

"단장하던 체경이 깨져 보이고 창전窓前의 앵두꽃이 떨어져 보이고 문 위에 허수아비 달려 뵈고 태산이 무너지고 바닷물이 말라 뵈니 나 죽을 꿈 아니오?"
봉사 이윽히 생각다가 양구良久에 왈,
"그 꿈 장히 좋다. 화락花落하니 능성실能成實이요 파경破鏡하니 기무성豈無聲가. 능히 열매가 열려야 꽃이 떨어지고 거울이 깨어질 때 소리가 없을쏜가. 문상門上에 현우인懸偶人하니 만인萬人이 개앙시皆仰視라, 문 위의 허수아비 달렸으면 사람마다 우러러볼 것이요, 해갈海渴하니 용안견龍顏見이요 산붕山崩하니 지택평地澤平이라, 바다가 마르면 용의 얼굴을 능히 볼 것이요 산이 무너지면 평지가 될 것이라. 좋다. 쌍가마 탈 꿈이로세. 걱정 마소. 머지않네."

또 잠시 후에 까마귀가 울고 가니 그에 대한 해석도 첨가한다.

**"가만있소. 그 까마귀가 가옥가옥 그렇게 울제?"**
**"예, 그래요."**
**"좋다, 좋아! 가 자는 아름다울 가佳자요, 옥 자는 집 옥屋자라, 아름답고 즐겁고 좋은 일이 불원간에 돌아와서 평생에 맺힌 한을 풀 것이니 조금도 걱정마소."**

춘향은 이미 꿈을 통해 앞일을 예견하고 있었다. 그런데 마침 이몽룡이 거지꼴을 하고 찾아온 것이다. 정말 가세가 몰락하여 거지꼴이 되었다면 어떻게 감히 감옥을 찾아올 것인가? 상식적으로 생각해도 안 될 일이며 상황이 어떨지 미루어 짐작할 수 있는 일이다. 게다가 이미 이몽룡이 어사임을 짐작한 사람들도 있었다. 춘향의 편지를 들고 가던 아이도 마패를 알아보았고, 이몽룡이 옥을 찾은 뒤 이방이 하인들 단속하는 장면에서도 어사또에 대해 알고 있다는 사실이 나온다.

춘향의 신분 상승이 진정한 사랑의 결실이든 진정한 절개의 결과이든 치밀한 계획에 의한 전략이든 중요한 것은 결말이다. 춘향은 모든 혹독한 과정을 견디고 이몽룡과 재회에 성공한다. 그러니 춘향은 자기 상황에서 가장 극단적 선택지를 통해 목숨을 걸고 욕망 실현을 추구한 치열한 투쟁 의지를 가진 여성이다. 이렇게 볼 때 이 소설은 오히려 여성 영웅소설로 읽어야 할 것이다.

〈춘향전〉에서 춘향이 보여주는 입사식의 절정은 그가 감옥에 갇히는 장면이다. 감옥은 그의 입사식의 가장 상징적인 장소이다. 형벌과 투옥의 과정을 거쳐 춘향의 신분은 극단적으로 뒤바뀐다. 이것은 춘향이 죽음을 통과하여 쟁취한 화려한 신분 상승의 열매이다. 옥중 고난을 통해서 기생으로서의 춘향은 죽고 정실부인으로서의 춘향이 다시 살아난다. 감옥은 춘향에게 부활의 동굴인 셈이다. 시인 이상화는 그의 〈나의 침실로〉라는 시에서 다음과 같이 노래했다.

> '마돈나' 언젠들 안 갈 수 있으랴, 갈 테면 우리가 가자, 끄을려 가지 말고!
> 너는 내 말을 믿는 '마리아' — 내 침실이 부활復活의 동굴洞窟임을 네야 알련만…….
>
> '마돈나', 밤이 주는 꿈, 우리가 얽는 꿈, 사람이 안고 궁구는 목숨의 꿈이 다르지 않느니.
> 아, 어린애 가슴처럼 세월 모르는 나의 침실로 가자, 아름답고 오랜 거기로.
>
> '마돈나' 별들의 웃음도 흐려지려 하고, 어둔 밤물결도 잦아지려는도다.
> 아, 안개가 사라지기 전으로 네가 와야지, 나의 아씨여, 너를 부른다.

그의 대표적인 이 시가 퇴폐와 관능으로만 읽히지 않는 이유는 '침실'을 '부활의 동굴'로 승화시킨 저 구절에 있다. 부활의 동굴은 죽음을 경험한 존재가 그 현실을 뛰어넘어 새로운 존재로 다시 태어나는 입사식의 공간이다. 〈춘향전〉이 '지금, 여기'에서도 의미 있는 이유는 이 부분이다. 지금도 죽음과 같은 고난의 현실을 견디며 어둠의 통로를 묵묵히 지나는 모든 사람에게 춘향은 온몸을 던져 말한다.

층암절벽 높은 바위 바람 분들 무너지며, 청송녹죽 青松綠竹 푸른 남기 눈이 온들 변하리까. 그런 분부 마옵시고 어서 바삐 죽여주오.

죽을 각오로 들어가면 반드시 다시 살아 돌아올 날이 있을 것이라고.

**생각해볼 문제**

**1.** 충효열에 대한 사람들의 관심이나 의지가 예전과는 많이 달라진 현대에도 이러한 도덕적 가치는 여전히 중요한 지침이 될 수 있을 것인지 생각해보자.

**2.** 춘향이 죽음을 각오한 것이 자신의 신분 상승을 위한 욕망의 실현에 있다고 보았을 때와 이몽룡에 대한 강렬한 사랑 때문이라고 보았을 때 <춘향전>은 각각 다르게 읽힐 수 있다. 또 다른 관점에서 이 소설을 읽을 수 있을지 생각해보자.

# 아버지가 없는 이유 〈구운몽〉

앞서 언급했듯이 고소설의 주인공은 대부분 일정한 결함을 가지고 있다. 정확하게는 주인공에게 있는 결함이라기보다 그 부모에게 있는 결함이다. 간혹 〈박씨전〉과 같은 특이한 경우를 제외하고 고소설의 주인공은 대체로 외모와 능력이 모두 출중하다. 하지만 그들의 부모는 없거나 뭔가 문제를 안고 있거나 아예 무능력한 존재이다.

홍길동의 아버지는 판서이지만 어머니는 몸종이다. 아버지 홍판서는 소설 전체에서 전반적으로 무능력한 모습을 보인다. 심청에게는 인품이 좋은 어머니가 있었으나 심청 탄생 후 세상을 뜬다. 심청의 아버지는 앞을 보지 못하며 그에 더하여 무능하기까지 하다. 춘향의 어머니는 기생이며 아버지 성 참판은 세상을 떠났다.

〈구운몽〉 역시 마찬가지이다. 이 소설의 주인공은 성진인데 그는 천상계에서 불도를 닦던 선인이었으나 팔선녀를 만나 잠시 서로 희롱하다가 인간 세상의 부귀공명을 그리워한 죄로 인간 세상으로 쫓겨난다. 성진에게는 아버지가 없다. 아예 언급조차 되지 않는다. 스승이자 아버지 역할을 하는 육관대사는 성진을 하계로 쫓아내는 인물이다. 성진의 환생인 양소유의 아버지는 그가 자라자 곧 떠나버린다.

처사가 아자兒子의 골격이 청수함을 보고 이마를 어루만지며 부인을 돌아보고 이르되
"이 아이는 필연 하늘 사람으로 인간에 내려왔도다."
인하여 이름을 소유少遊라 하다. 애지중지하더니 어언지간에 소유의 나이 열 살이 되니 중략 처사 유 씨더러 이르되
"내가 본래 세속 사람이 아니오. 부인으로 더불어 인간 인연이 있는 고로 오래 티끌 속에 머물렀더니 봉래산 신선 친구가 편지하여 부른 지 이미 오래되 중략 나의 가고 있는 것을 괘념치 말라."
언파言罷에 공중을 향하여 손짓하여 백학을 타고 표연히 가거늘 부인이 미처 한 말을 묻지 못하여 간 곳이 없는지라

고소설 주인공의 부모가 이렇게 약화하는 것은 주인공을 더 두드러지게 만들기 위한 장치일 수 있다. 하지만 소설이 신화의 장르적 관습을 따른다고 할 때 이런 상황은 충분히 이해할 수 있는 구조적 특징이다. 신화에서 주인공은 입사식을 통해 새로운 세계의 질서를 받아들이는 존재로 거듭난다. 이때 낡은 질서 또

는 갱신되어야 할 대지는 물러나거나 사라진다.

주몽이 태어나기 위해 해모수는 떠나야 한다. 석탈해가 태어나기 위해 아버지는 그를 상자에 넣어 버린다. 오누이가 해와 달이 되기 위해 어머니와 호랑이는 죽는다. 한량이 공주의 남편이 되기 위해 지하 대적은 머리가 잘려 죽는다. 고소설 역시 마찬가지다.

주인공은 새로운 질서를 받아들인 존재이다. 기존의 질서와 갱신되어야 할 대지는 물러가야 한다. 이것은 현대에까지 이어지는 규칙이다. 해리포터, 스파이더맨, 슈퍼맨, 배트맨 등 다양한 영웅 서사에서 주인공의 부모는 죽거나 이미 존재하지 않는다. 그렇게 주인공의 부모들은 약화하거나 사라진다.

신선이 되어 하늘로 떠난 아버지를 대신한 양소유는 인간 세상에서 온갖 모험을 즐기다가 역시 인간 세상으로 쫓겨난 팔선녀의 환생들을 차례로 만나 인연을 맺고 2처 6첩으로 삼는다. 사람이 누릴 수 있는 모든 권력과 쾌락을 누린 양소유가 어느 날 문득 인생의 허망함을 깨닫고 불도를 찾으려 결심하는 순간 그 본래의 실체인 성진으로 돌아오게 된다는 구조가 소설 〈구운몽〉이다.

〈구운몽〉의 주인공은 성진이자 양소유이다. 도를 닦던 성진은 팔선녀를 만나 잠시나마 세상 부귀영화에 마음을 두었다는 이유로 육관대사에게 벌을 받아 인간 세상으로 쫓겨난다. 잠시 마음을 두었다가 이내 뉘우쳤음에도 굳이 그를 인간 세계에 보내는 장면을 보면 육관대사의 결정은 이미 계획된 전략이다. 성진의 목표는 세상 부귀영화의 무익함을 깨닫고 불도를 깨우치는 것이다.

하지만 양소유의 욕망은 성진이 일시적으로 꿈꾸었던 바로 그 욕망, 지극히 세속적인 욕망이다. 두 인물이 꿈꾸는 세계는 절대 같은 시공간에서 양립할 수 없는 모순적 구조물과 같다.

그러니 이 소설은 이중의 입사식 구조를 가진 것처럼 보인다. 하나는 성진이 치러야 하는 입사식이다. 인간 세상의 부귀영화가 덧없다는 사실을 깨닫고 올바르게 수행하여 진정한 깨달음에 이르는 과제가 있다.

또 하나는 양소유가 치러야 하는 입사식이다. 그는 인간 세상에 환생하여 사람이 누릴 수 있는 온갖 다양한 경험을 수행하며 역시 인간 세상에 여러 신분으로 환생한 팔선녀와 차례로 만나 인연을 맺어야만 한다. 양소유의 입사식은 사실 고난의 수행이라기보다 영웅의 업적처럼 보인다. 양소유는 자신에게 주어진 과업을 완수하고 2처 6첩을 거느리며 승상의 자리에까지 오르는 성공 신화의 주인공이 된다.

성진과 소유의 두 가지 목표는 한 사람이 동시에 성취할 수 없는 것이다. 물론 궁극적으로 이 소설이 지향하는 주제는 성진에게 초점을 둔 불가의 깨달음이다. 그는 양소유의 삶을 모두 살아본 이후 인간 세상의 욕망이 모두 헛된 것임을 깨닫고 불도에 귀의할 뜻을 밝힌다. 그가 불도에 귀의하려는 뜻을 밝히자 이미 전생의 인연이 있었던 2처 6첩 또한 그 말에 공감한다.

**"전략 소유가 벼슬을 도로 바친 이후로 밤마다 꿈속에 불전에 배례하니 이는 필연 불가에 연분이 있음이라. 내 장차 장자방張子房이 적송자赤松子 좇는 원願[17]을 이루고 남해에 가서 관음을 찾으며 의대義臺에 올라 문수文殊를 만나**

불사불멸不死不滅하는 도를 얻어 인간의 괴로움을 벗고자 하나 중략"
모든 낭자가 스스로 감동하여 이르되
"상공이 번화한 중에 이 맘이 있으니 어찌 하늘이 정하신 바 아니리오. 첩 등 형제 팔 인이 마땅히 한가지로 깊은 규중에 처하여 조석 부처께 전배展拜[18]하고 중략 복망 상공은 득도하신 후에 먼저 첩 등을 가르치소서."

독자들은 성진의 삶이 아닌 소유의 삶에서 재미를 느낄 것이다. 〈구운몽〉 내용 대부분이 소유의 활약상으로 구성되어 있기도 하다. 양소유라는 한 영웅의 일대기가 현란하게 펼쳐지는 것이 소설 전체의 줄거리라고 해도 크게 틀리지 않는다. 인간 세상에서 온갖 부귀영화를 다 누리고 다양한 모험을 경험한 뒤에 결국 최고의 지위인 승상의 자리에 올라 2처 6첩을 거느리며 화목한 삶을 사는 것. 지금 시대에도 누구나 추구하는 삶의 모습과 닮아 있다.

부귀영화의 절정을 누리는 삶. 비록 양소유가 인간 세상의 부귀영화를 누리는 것이 모두 무익한 것임을 알고 영원한 도를 찾으려 출가를 결심한다고는 하지만 그것 또한 이미 모든 영화를 누린 후의 일이다. 누려보지 않고서 그것을 추구하지 않겠다고 결심하는 것과 이미 다 누려본 사람으로서 그것을 버리겠다고 결심하는 것 중 어느 것이 더 어려운 일인지는 가늠해 보아야 할 일이겠으나 두 가지 선택지 중 사람들이 어느 것을 더 선호할 것인지는 분명해보인다.

그러니 이 소설은 양립할 수 없는 두 가치 체계를 한 몸에 담은 주인공의 혼란과 갈등을 그려야 옳을 것이다. 소유의 갈등과 혼란, 성진의 갈등과 좌절 등이 세밀하게 그려졌다면 그것은 이미 현대소설의 범주에 들어왔을 것이다. 하지만 아직은 고소설의 시대. 대중들의 욕망이 소설로 성취되는 시대다. 게다가 이 작품은 저자 김만중이 유배지에서 어머니를 위로하기 위해 쓴 소설이다.

누구나 소유의 삶을 지향하는 세상에서 이미 그런 삶이 불가능해진 상황에 부닥친 아들을 바라보며 절망하고 한스러워할 어머니에게 너무 안타까워하지 말고 더 먼 내세를 바라보라는 위안의 도구로 만들어진 소설이다. 그러니 이 소설에는 양립할 수 없는 두 가지 욕망이 한 인간 안에서 평행선을 달리며 그려질 수밖에 없는 셈이다.

아마 저자 김만중의 소망도 소유의 삶에 있었을 것이다. 그것이 외적으로 불가능해진 상황에서 이 문제에 집착하지 않기 위한 자기 위안과 현실 극복의 도구로서의 소설. 그것이 〈구운몽〉이겠다.

아버지가 없는 소유는 새로운 질서로 존재하며 자신의 질서를 받을 지모신으로서 팔선녀를 차례로 만나 관계를 맺는다. 그 자신이 세계의 질서가 되어 팔선녀와 결합하는 구조인 셈이다. 하지만 그가 형성한 질서는 결국 세속의 욕망이 추구하는 질서일 뿐이다. 그 모두가 한 조각 구름과 같은 허망한 꿈이었다는 깨달음은 그를 본연의 자기인 성진으로 돌아오도록 이끈다.

역시 아버지가 없는 성진은 자신만의 욕망에 사로잡혀 잠시 자신의 본분을 잊고 세상의 욕망을 추구한다. 그 자신이 마땅히 추구해야 할 질서를 따르지 않고 다른 질서를 따르고자 했던 성진은 한바탕 꿈을 통해 그 허망함을 깨우친다. 그는 아버지라 할 수 있는 육관대사의 질서를 계승하여 불법을 전수하는 존재가 된다.

새로운 질서로 독립하는 양소유와 기존의 질서를 계승하는 성진을 보면 마땅히 양소유의 세계가 온전히 이루어지는 결말이 합당한 것 같다. 하지만 이 소설의 궁극적인 주제는 성진의 깨달음에 있다. 소설의 제목에서도 이미 그것을 암시한다. 아홉 명이 꾼 뜬구름과 같은 꿈. 그것이 세상의 질서만을 욕망하는 존재들이 맞닥뜨리게 될 실체라는 메시지이기도 하다.

우리 안에도 성진과 양소유가 공존한다. 우리는 자신만의 질서로 새로운 세계를 구축하여 성공 신화를 쓰는 욕망의 주인공으로 살고 싶다. 그러나 모두가 자신만의 독자적인 질서를 세우며 세계의 주인공이 될 수는 없다. 자신이 추구하는 욕망이 결국 부질없는 것이며 인생이 결국 뜬구름과 같은 것임을 깨닫고 초연한 태도로 관조하는 초월적 삶도 가치 있는 것이다.

기존의 질서를 타파하고 자신만의 질서로 새로운 세계를 이끌고자 하는 독자적 리더십도 존중받아야 하듯이, 기존의 질서를 순차적으로 계승하여 세계를 안정적으로 이끌고자 하는 숨겨진 리더십 역시 존중받아야 한다.

우리는 모두 아버지가 없는 삶을 어떻게 살 것인지 고민하고 갈등하며 결정하는 성진과 양소유의 어디쯤에서 살아간다. 갱신되어야 할 질서의 부재 속에서 자신의 과업을 완수하는 시대의 주인공으로 살 것인지, 계승해야 할 질서를 존중하며 스스로 더 큰 과업을 성취하는 숨은 주인공으로 살 것인지 고민하고 갈등하는 그 어디쯤, 성진과 양소유의 어디쯤, '뉘우침과 두려움의 외나무다리' 그 어디쯤을 위태롭게 걷는다.

**생각해볼 문제**

**1.** 우리는 일상의 삶에서 숱한 입사식을 치르지만, 모두가 영웅소설의 주인공처럼 그것을 완전히 성취할 수는 없다. 그런 한계를 가졌음에도 여전히 입사식에 도전하는 의미는 무엇인지 생각해보자.

**2.** 성진의 꿈이 소유이지만 소유는 꿈에서 성진의 삶을 본다. 꿈과 현실이 구별된 것이 아니며, 둘이 곧 같은 것이라는 이 암시는 현대를 살아가는 우리에게 어떤 교훈이 될 수 있을지 생각해보자.

# 가장 어려운 시험 〈흥부전〉

한 사람이 가진 내적 욕망의 이중성을 보여주는 것이 〈구운몽〉이라면, 〈흥부전〉은 한 사람의 성품이 가진 이중적 측면을 보여준다. 흔히 알고 있는 것처럼 〈흥부전〉은 심술궂은 놀부는 벌을 받고 착한 흥부는 복을 받는다는 단순한 구조의 이야기다. 착하지만 가난했던 흥부는 온갖 고생을 하다가 제비의 다리를 고쳐 준 보상으로 제비가 물어다 준 보은의 박 씨를 심어 그 박을 타서 엄청난 부자가 된다. 심술궂고 악한 놀부는 흥부의 부유함을 탐내다가 제비의 다리를 부러뜨려 그 보응으로 제비가 물어다 준 박 씨에서 나온 박을 타서 엄청난 재난을 겪고 결국 집 전체가 몰락한다.

그렇게 볼 때 이 소설은 권선징악을 이야기하는 윤리 교육 보조교재가 된다. 물론 현실은 전혀 그렇지 않다는 것이 문제다. 우리가 살아가는 현실에서는 착한 사람이 늘 복을 받고 악한 사람이 늘 벌을 받지는 않는다. 오히려 그 반대의 경우가 상당하다.

가난한 흥부가 받는 고난과 가난 극복을 위한 처절한 노력과 좌절을 통해 조선조 후기 사회의 사회구조적 모순을 이야기할 수도 있다. 흥부는 너무나 가난해서 결국 매품팔이까지 하려고 하지만 그마저도 쉽지 않다. 매를 대신 맞아주고 돈을 받으려 했으나 마침 매를 맞으러 간 날 나라에서 대사면령이 내려 살인죄인 외에는 다 풀어주는 것이다. 가난한 형편에서 벗어나기 위해 다양한 품팔이를 하는 흥부의 모습은 지금 현실에서도 취업을 위해 고군분투하는 청년들의 애처로운 모습을 떠올리게 한다.

결국 이 소설은 가난한 삶을 스스로 극복할 방법은 전혀 없다는 사회문제를 희극적 방식으로 펼쳐놓은 셈이다. 가난을 극복하기 위한 흥부의 노력은 모두 무익하기만 하다. 흥부의 가난을 극복한 것은 제비의 보은이라는 비현실적 방식의 개입이 있어야만 한다는 사실은 다시 생각해 보면 현실에서는 가난 극복이 도저히 불가능하다는 방증일 뿐이다. 현실에서 해결 불가한 일을 해결할 방법은 비현실적 요소의 개입 외에는 없기 때문이다.

이미 〈홍길동전〉에서는 적서차별의 사회에서 서자가 권력을 얻는 방법은 도술을 부리는 것 외에는 없다고 이야기했다. 〈심청전〉에서도 가난한 장애인 홀아버지를 둔 심청이 자신의 처지를 극복할 방법은 죽어서 용왕을 만나 환생하는 길 외에는 없음을 보여주었다. 〈춘향전〉에서는 신분적 한계를 극복할 길은 느닷없이 암행어사가 나타나 한꺼번에 문제를 해결하는 비정상적 방법 외에는 없음을 알려주었다. 현실에서 해결 불가능한 문제에 비현실적 요소를 끌어온다면 결국 그 문제는 해결할 수 없는 문제라는 뜻이다.

흥부와 놀부의 신분 문제를 두고 조선조 후기 사회의 신분제 동요와 신흥 경제 세력의 출현이라는 측면에서 놀부의 위상을 점검해볼 수도 있다. 흥부와 놀부는 고소설 이본마다 각각 성이 다르다. 제비와 연관되어 연 씨로 등장하기도 하고 박과 연관되어 박 씨로 등장하기도 한다. 홍길동이나 심청과 달리 성이 불확실하다는 점과 흥부와 놀부라는 이름이 가진 양반집 자제의 이름답지 않은 부적절성 등은 그들의 신분을 모호하게 한다.

흥부가 이방을 만나 존댓말과 반말 중 어느 쪽을 선택할지 고민하는 부분에서도 그렇다. 흥부와 놀부는 양반인가 아닌가? 결정적으로 놀부가 제비의 박 씨에서 열린 박을 타자 갑자기 웬 양반이 나와 호통을 치는 장면에서 이들의 신분이 드러난다.

**저 생원님 호령하되,**
**"이놈 놀부야, 네 아비 개불이와 네 어미 똥녀가 댁종[19]으로 드난하다가 모야무지暮夜無知[20] 도망한 지 수십 년에 이제야 찾았구나. 네 어미아비 몸값이 삼천 냥이니 당장에 바치렷다."**

놀부의 부모는 도망친 노비이다. 노비 문서를 훔쳐 도망가서 충청, 전라, 경상도 어름에 자리 잡고 살며 경제적 부를 획득한 놀부 부모의 배경을 통해 당대 사회가 얼마나 다양한 방식으로 신분제가 흔들리고 있었는지를 엿볼 수 있다.

그와 더불어 경제적 부를 획득한 신흥 경제 세력이 조선조 후기 사회를 흔드는 새로운 권력층으로 등장하고 있음을 보여주는 이야기로 읽을 수도 있다. 이렇게 볼 때 놀부의 극단적 심술은 신흥 경제 세력에 대한 대중들의 반감이 반영된 것이라 볼 수도 있는 셈이다. 이것은 지금도 졸부에 대해 가지는 대중들의 반감과 멸시와 크게 다르지 않다. 물론 어떤 반감이나 멸시가 따른다 해도 결국 우리 사회에서는 자본이 승리한다. 현실은 소설이 아니다.

신화적 구조의 장르적 답습이라는 차원에서는 흥부와 놀부의 입사식 이야기 구조를 찾을 수 있다. 흥부와 놀부는 저마다의 입사식을 치르는 인물들이다. 비록 직접적인 소통을 하는 것은 아니지만 박 씨를 물어다 주는 존재인 제비는 비일상적 존재로서 나무꾼에게 선녀의 비밀을 전달하는 사슴과 비슷한 기능을 한다.

흥부는 자신의 입사식을 성공적으로 수행하여 '가난'으로 상징되는 입사식 이전 세계에서 분리되어 경제적 부를 획득한다. 흥부에게는 입사식 이전의 상태가 가난한 삶이었고 입사식 이후의 상태가 부유한 삶으로 전환된 셈이다. 입사식을 통해 그 대상자가 본질적으로 변화하게 된다는 점을 고려할 때 흥부처럼 극단적으로 가난했던 사람이 느닷없이 부자가 되는 것만큼 본질적 변화를 상징하는 것도 없으리라.

서동은 마를 캐던 장소에서 금을 캤다. 이때 그가 캐낸 금은 실제의 금이 아니라 '세계의 질서'를 상징하는 것이다. 그가 그 금을 통해 비로소 왕으로 인정받기 때문이다. 흥부의 경우 박에서 쏟아진 금은보화는 신화적 의미로 볼 때 '세계의 질서'에 해당하면서 동시에 문자 그대로의 의미로 부유함을 가져오는 금은보화인 셈이다. 그는 금은보화를 통해 입사식을 성공적으로 마치고 부유한 삶을 획득한다. 서동이 왕이 되듯이.

그에 비해 놀부는 입사식 실패담의 주인공이다. 그는 부유한 존재이면서도 자신의 부를 올바르게 활용하지 못한다. 장자못 설화에 등장한 인색한 장자와 마찬가지이다. 인색한 장자가 갱신되어야 할 질서의 상징이듯이 놀부 또한 그렇다. 장자와 그 집터가 무너져 커다란 못으로 변했듯이 놀부의 집은 똥벼락을 맞아 거대한 똥구덩이로 변한다. 이것은 놀부가 갱신되어야 할 낡은 질서를 표방하는 존재로 마땅히 새롭게 천지창조를 이루어야 하는 것을 보여주는 것이기도 하다.

이제 우리는 이야기 한 편을 통해 이러한 신화적 구조의 상관성을 찾아낼 수 있어야 한다. 이것은 우리에게 문학을 새롭게 보는 시야를 얻게 해줄 것이고 세상을 바라보는 시각을 확장하게 해줄 것이다. 이것이 문학을 공부하는 작은 유익이 될 것이다. 이제 여기에 한 가지를 더 보태어 생각해보자.

앞서 말했듯이 〈흥부전〉은 한 사람의 내면에 담긴 극단적 이중성에 관한 이야기로 읽을 수 있다. 소설은 놀부의 심술을 묘사하는 것으로 시작한다.

이놈의 심술을 볼진대, 다른 사람은 오장 육부로되 놀부는 오장 칠부였다. 어찌하여 그런고 하니, 심술부 하나가 더하여 곁간 옆에 가 붙어서 심술부가 한번만 뒤집히면 심사를 피우는데 썩 야단스럽게 피웠다.
술 잘 먹고 욕 잘하고 에테[21]하고 싸움 잘하고 초상난 데 춤추기, 불붙는 데 부채질하기, 해산한 데 개 잡기, 장에 가면 억매흥정[22], 우는 아이 똥 먹이기, 무죄한 놈 뺨치기와 빚값에 계집 빼앗기, 늙은 영감 덜미 잡기, 아이 밴 계집 배 차기며 우물 밑에 똥 누어 놓기, 오려논에 물 터놓기, 잦힌 밥에 흙 퍼붓기, 패는 곡식 이삭 빼기, 논두렁에 구멍 뚫기, 애호박에 말뚝 박기, 곱사등이 엎어놓고 밟아주기, 똥 누는 놈 주저앉히기, 앉일뱅이 턱살치기, 옹기 장사 작대 치기, 면례緬禮[23]하는 데 뼈 감추기, 남의 양주 잠자는 데 소리 지르기, 수절 과부 겁탈하기, 통혼通婚 하는데 간혼間婚 놓기, 만경창파에 배 밑 뚫기, 목욕하는 데 흙 뿌리기, 담痰 붙은 놈 코침 주기, 눈 앓는 놈 고춧가루 넣기, 이 앓는 놈 뺨치기, 어린아이 꼬집기와 다 된 흥정 파의罷意 하기, 중놈 보면 대테[24] 매기, 남의 제사에 닭 울리기, 행길에 허공 파기, 비 오는 날 장독 열기라.

심술이라고 명명하기엔 너무나 지나친 범죄 행위들이 많다. 놀부의 심술 내용을 이보다 더 극단적으로 강화한 것은 신재효가 정리한 〈흥부가〉에 나오는 심술 타령이다. 신재효의 판본을 보면, 소설에서 묘사한 분량의 거의 두 배에 이르는 더 악질적인 내용이 쏟아져 나온다. 대부분 흉악하고 잔인한 범죄 행위이다.

흥부는 극단적으로 착한 인물인 데 반해 놀부는 극단적으로 악한 인물이다. 흔히 다수의 독자는 자신을 흥부처럼 선한 존재로 인식하고 절대 놀부와 같은 악한 인간은 아니라고 확신하며 살아갈 것이다. 하지만 어떤 사람도 흥부처럼 극단적으로 착하지 않다. 형수가 주걱으로 뺨을 쳐도 밥풀을 떼어먹으며 다른 쪽도 때려달라고 하는 사람은 현실 세계에 없다. 우리는 그런 사람을 선하다고 하지 않고 정신이 온전하지 않다고 할 것이다. 반대로 놀부처럼 극단적으로 악한 사람 역시 현실 세계에 없다. 그런 사람이 있다면 벌써 형사처벌을 받고 사회로부터 격리되었을 것이다.

우리는 흥부처럼 극단적인 선인으로 살기 어렵다. 또한 마찬가지로 놀부처럼 극단적인 악인으로 살기도 어렵다. 드물게 극단적 선행을 실천하는 사람이 아주 가끔 사회에 등장하여 의인으로 칭송받기는 한다. 극단적 악행을 실행하는 사람은 그에 합당한 처벌을 받으며 살아간다. 하지만 평범한 대다수 사람은 극단적 선행도 일삼지 못하고 극단적 악행도 저지르지 못한다.

흥부의 선함을 지향하기는 하지만 온전히 실천하기 어렵다는 사실을 잘 알고 있으며, 놀부의 악함을 비난하기는 하지만 내면에는 그와 비슷한 심술이나 악행을 품은 악마적 본성을 숨기고 있다. 선과 악의 양면성을 모두 내재하며 사는 것이 인간이다. 그러니 일반적인 사람들은 모두 흥부와 놀부의 어느 중간쯤에서 살아가는 셈이다.

어떻게 보면 흥부에게 주어진 입사식의 과제는 사실 가장 어려운 시험이다. 온전히 선하게 살면서 자기에게 주어진 환경의 어려움도 동시에 극복하라는 것이다. 세상을 착하게만 살면서 가난하지 않고 부유하게 살라는 것이다. 어떤 법도도 어기지 않으면서 부유한 삶을 살아가라는 것이다. 아무도 원망하지 않으면서 자신의 환경을 감내하라는 것이다. 억울한 피해를 볼지라도 그것을 되갚지 말고 수용하며 살라는 것이다. 흥부는 제비의 박으로 저주를 받아 망해버린 놀부와 그 가족을 아무런 원망이나 비난 없이 끌어안고 함께 살아간다. 그러니 흥부의 입사식은 나에게 온갖 고통을 안겨준 대상을 아무런 조건 없이 품에 안고 묻지도 따지지도 말고 더 큰 선을 베풀며 살아가라는 과제를 주는 것이다.

이런 내용은 초등학생을 위한 윤리 교재에서도 말할 수 없는 높은 수준의 경지를 보여주는 것이다. 종교 경전에나 나올 수 있는 높은 수준의 완성된 인격, 신성에 도달한 경지를 보여주는 것이다. 혹독하고 각박한 세상을 살아가는 우리는 흥부의 입사식이 얼마나 어려운 과제를 해결해야 하는 것인지를 너무나도 잘 알고 있다. 그래서 가장 쉬워 보이나 가장 어려운 입사식의 과업은 오직 소설 속에만 있다.

## 생각해볼 문제

**1.** <흥부전>을 단순한 권선징악의 구조로 볼 때, 우리 사회는 놀부의 극단적인 인색과 포악함도 싫어하지만, 흥부의 무모하고 무책임한 선함도 그리 환영하지는 않는다. 우리가 궁극적으로 지향해야 할 인간상에 대해 생각해보자.

**2.** 흥부와 놀부가 탄 박은 각각의 행위의 결과로 얻는 보상과 결과를 의미한다. 흥부와 놀부는 각각 자기 행동에 합당한 수준의 보상을 얻은 것이라고 인정할 수 있을까? 제비의 다리를 고쳐준 선행이 그만한 보상을 얻을 만한 것인지, 반대로 제비의 다리를 부러뜨린 악행이 그만한 저주를 받을 만한 것인지를 생각해 보고 우리 사회의 상벌 체계가 가진 합리성에 관해 이야기해보자.

6

# 경계를 넘는 자 〈콩쥐팥쥐전〉

팥쥐의 최후에 대해 아는 사람은 많지 않다. 팥쥐는 콩쥐를 연못에 빠뜨려 죽인 뒤 콩쥐 대신 감사의 부인 노릇을 한 죄가 발각되어 옥에 갇힌다. 팥쥐의 죄에 대한 형벌이 나라에서 내려왔는데 팥쥐를 수레에 묶어 찢어 죽인 후 젓으로 담가 항아리에 담아 어미에게 보내라는 명령이었다. 팥쥐의 어미는 팥쥐 젓을 받아본 뒤 기절하여 죽는다. 고소설 중 가장 잔혹한 장면이며 가장 끔찍한 형벌이 아닌가 싶다.

이런 끔찍한 결말은 〈콩쥐팥쥐전〉과 같은 계열이라고 알려진 〈신데렐라〉의 결말이 보여주는 잔혹성을 뛰어넘는다. 신데렐라를 괴롭혔던 계모와 두 딸은 설화의 이본에 따라 잘못을 뉘우치고 착하게 살거나, 천벌을 받아 죽거나, 옥에 갇히거나, 새에게 눈알이 쪼여 앞을 못 보게 되거나 하는 수준으로 마무리된다. 적어도 젓을 담그는 정도에까지 이르지는 않는다. 그만큼 악에 대한 보응, 인과응보에 관한 우리 민중의 도덕적 기준이 높은 것인지 모르겠다. 또는 한이 맺힌 것은 반드시 풀어야만 하는 치열하고 집요한 성정이 드러난 것인지도 모르겠다.

〈콩쥐팥쥐전〉은 세계적으로 널리 알려진 신데렐라 설화의 한국형 이야기이다. 이 유형의 이야기는 전형적인 입사식 구조를 보여준다. 콩쥐는 태어나서 얼마 후 어머니를 잃고 홀아버지와 살게 된다. 부모로부터 분리되어 입사식을 시작하게 되는 셈이다. 앞서 〈구운몽〉에 관한 설명에서 말한 것과 같이 고소설 주인공이 부모를 잃게 되는 이유에 해당하기도 한다.

새로운 세계의 질서가 되기 위해 기존 질서는 갱신되어야 한다. 콩쥐는 어머니가 없이 홀로서기를 해야 하지만 다시 어머니와 대립하게 된다. 오누이가 어머니와 대립하는 구도를 피하고자 사람들은 어머니를 호랑이로 대체했다. 그와 마찬가지로 콩쥐와 어머니의 직접적 대립과 어머니 극복의 입사식 과제를 피하고 싶었던 사람들은 어머니 대신 계모를 출현시켰다. 다수의 이야기에서 어린 주인공이 계모에게 시달리는 구조가 등장하는 이유는 그런 연유에서다.

서양의 설화에서도 헨젤과 그레텔, 백설공주 등이 모두 계모의 학대로 인해 집을 떠나게 된다. 이것은 실제 사회에서 계모가 의붓자식을 괴롭히는 일이 많아 생겨난 이야기가 아니라 신화적 구조로서 친모와 자녀가 직접 대립할 수밖에 없는 이야기 구조를 피하기 위한 대중의 선택이다.

콩쥐의 입사식은 이제 시작된 셈이다. 계모와 팥쥐는 갱신되어야 할 대지의 상징인 어머니의 대리자로 등장한다. 그들은 콩쥐에게 시련을 주는 역할을 착실하게 수행한다. 나무로 된 호미를 주고 돌밭을 매라고 하거나 밑 빠진 독에 물을 부으라고 시키는 등 보통 사람은 할 수 없는 과제를 부여한다. 모두가 입사식의 과업인 셈이다. 이때마다 콩쥐를 돕는 것은 동물들이다. 황소나 두꺼비나 새들이 와서 도와준다. 콩쥐는 사람이 아닌 동물들과 대화하고 교감하는 존재, 비일상적 존재이다. 그런 의미에서 콩쥐는 이미 일상의 삶을 사는 평범한 존재가 아니다. 그가 일상적 존재가 아니라는 결정적 증거는 신발과 관련한 일화에서 구체적으로 드러난다.

콩쥐는 늦게라도 잔치에 참여하기 위해 서두르다가 신임 감사의 행차를 만나 급히 피하다가 당황한 나머지 신발 한 짝을 시냇물에 떨군다. 감사는 행차 도중 상서로운 기운을 발하며 빛나는 신발을 주워 그 주인을 찾으려 한다. 주인공이 신발을 잃고 그 신발을 통해 짝을 만나게 되는 과정이 신데렐라 유형 이야기의 가장 공통적인 상징이다.

신발 한 짝을 잃는 주인공의 이야기가 의미하는 바는 무엇인가? 신데렐라는 자정을 넘는 순간 집으로 돌아오려다가 유리 구두 한 짝을 잃는다. 그가 타고 갔던 마차나 입고 있던 화려한 드레스는 모두 마법이 풀려 현실 세계의 실체로 돌아오지만, 화려한 구두만은 그대로 남는다. 구두는 자정이 지나 마법이 풀리는 시간의 경계를 넘어서 한결같이 존재한다.

구두 한 짝을 잃은 신데렐라는 절름거리며 집으로 돌아온다. 시간의 경계를 넘어 낡은 옷을 입고 현실의 세계로 돌아오는 신데렐라의 모습은 비련의 주인공처럼 슬퍼 보이지만 유리 구두는 여전히 반짝인 채로 남아 희망의 상징으로 빛난다. 마법의 시간과 현실의 시간을 동시에 살아가는 자, 비일상적 공간과 일상의 공간을 넘나드는 자, 신데렐라는 그런 존재다.

그러므로 신데렐라는 두 세계를 넘나드는 존재다. 마법의 시간과 일상의 시간을 신발 한 짝을 잃고 넘나드는 신데렐라의 절뚝이는 모습은 그가 곧 비일상적 존재임을 보여주는 상징으로 작용한다. 이상화는 그의 시 〈빼앗긴 들에도 봄은 오는가〉의 마지막 구절에서 다음과 같이 노래한다.

나는 온몸에 풋내를 띠고
푸른 웃음 푸른 설움 어우러진 사이로
다리를 절며 하루를 걷는다 아마도 봄 신령이 지폈나보다.
그러나 지금은 – 들을 빼앗겨 봄조차 빼앗기겠네.

웃음과 설움의 경계를 다리를 절며 걷는 나는 봄 신령이 지핀 것이다. 이곳과 저곳을 넘나드는 존재는 다리를 절며 그 경계를 넘는다. 다리를 절며 하루를 걷는 존재는 신령이 지핀 존재이다. 그는 일상의 경계를 넘어 메마른 들에 봄을 가져올 사명을 가진 존재다. 그러나 지금은 들을 빼앗겼으니 봄조차 빼앗기고 말겠다는 처절한 외침이 있다.

일상의 걸음을 걷지 못하고 절뚝이는 그는 두 세계를 넘나든다. 앞을 보지 못하는 사람은 일상적 삶을 살아가는 평범한 인간들이 두 눈으로 보지 못하는 세계도 볼 수 있다고 생각하여 점을 치는 일을 한 것처럼 두 세계를 넘나드는 존재는 다리를 절며 두 세계의 경계를 걷는다. 마치 신발 한 짝을 잃고 걷듯이.

두 세계를 넘나드는 존재의 성격을 신데렐라보다 더 명확하게 보여주는 인물이 콩쥐다. 콩쥐는 신발 한 짝을 잃은 것이 계기가 되어 감사의 후취로 들어간다. 콩쥐가 편안한 삶을 누리는 모습을 시기한 팥쥐는 그를 찾아가 연못에 밀어 빠뜨려 죽인다. 분명 연못에 빠져 죽은 콩쥐는 그것으로 생을 마감하지 않는다. 꽃으로 환생하고 그것을 아궁이에 넣어 불사르자 다시 구슬로 환생한다. 콩쥐가 신발 한 짝을 잃고 넘나들던 개울물은 단순한 물이 아니라 두 세계의 경계이다. 이제 콩쥐가 넘나드는 세계는 삶과 죽음의 세계이다.

이곳과 저곳의 경계를 각기 다른 형상으로 변모하며 넘나들던 콩쥐는 연못물을 다 퍼내자 살아있을 때와 똑같은 모습으로 웃으며 누워 있다가 아무렇지 않게 깨어난다. 우리는 이 대목에서 〈헌화가〉의 주인공 수로부인의 이야기를 떠올리지 않을 수 없다. 수로부인에 관한 이야기는《삼국유사》에 다음과 같이 기록되어 있다.

성덕왕 때 순정공이 강릉태수로 부임하는 도중 바닷가에서 점심을 먹었다. 돌로 된 산이 병풍처럼 바다에 임했는데 높이 천 길이나 되었고 그 위에 철쭉이 무성하게 피어있었다. 공의 부인 수로가 이것을 보고 좌우에 일러 말하기를 "꽃을 꺾어 바칠 사람이 없는가?" 하였다. 따르는 사람들이 이르기를 "사람이 갈 수 있는 곳이 아닙니다." 하며 모두 할 수 없다고 사양하였다. 이때 곁에 암소를 끌고 지나던 노인이 부인의 말을 듣고 그 꽃을 꺾어 가사까지 지어 바쳤다. 그 노인이 어떤 사람인지는 모른다.
그 뒤 이틀을 가다가 또 임해정에서 점심을 먹는데 바다 용이 홀연히 나타나 부인을 끌고 바다로 들어갔다. 공이 땅에 넘어지고 구르며 아무런 계교를 내지 못하고 있었다. 또 한 노인이 나타나 말하기를 "옛사람들이 말하기를 여러 사람의 입은 쇠도 녹인다고 했으니 이제 바닷속의 생물인들 어찌 여러 사람의 입을 두려워하지 않겠습니까? 마땅히 이 지역의 백성들에게 가서 노래를 지어 부르며 몽둥이로 해안가를 두드리라 하십시오. 부인을 볼 수 있을 겁니다." 공이 그대로 따라 했더니 용이 부인을 받들고 바다에서 나와 바쳤다.
공이 부인에게 바닷속의 일을 묻자 부인이 말하기를 "칠보궁전에 음식은 달고 매끄럽고 향기롭고 정결하여 인간의 불로 한 것이 아니었습니다." 하였다. 또 부인의 옷에서는 이상한 향기가 났는데 세상 것이 아니었다. 수로는 자태와 용모가 빼어나 매번 깊은 산과 큰 못을 지날 때면 신물에게 사로잡혀 가곤 하였다. 번역: 필자

매번 깊은 산과 큰 못을 지날 때마다 신물神物에게 잡혀가는 수로부인. 그는 산과 못과 바닷가에서 행한 제의를 통해 신과 만나는 접신의 상태를 경험하는 존재이다. 점심을 먹는다고 번역한 원문의 단어를 굿으로 해석하는 학자도 있다. 바닷가에서 행한 제의에서 바다의 용에게 사로잡혀 바다에 들어갔다가 나온 수로부인은 그곳이 이 세상과 다른 곳이라며 자기 경험을 전한다. 그는 제의를 통해 이곳과 저곳을 넘나드는 자, 이 세계와 저 세계의 경계를 넘는 자, 그래서 두 세계를 모두 아는 자, 곧 샤먼이다.

소설에서도 물에 빠져 죽었다가 다시 살아난 존재들을 만날 수 있다. 〈심청전〉의 심청과 〈토끼전〉의 토끼다. 심청은 앞에서 살펴본 것처럼 입사식을 통해 제의적 죽음을 경험하고 공수를 실행하여 인간이 가진 결핍의 문제를 해결한 존재이다.

〈토끼전〉의 토끼 역시 거북의 등에 타서 용왕의 앞까지 간 것은 죽음을 체험한 것이다. 그는 제의적 죽음을 경험하고 다시 돌아와 이전과는 다른 차원의 존재, 용왕을 속여 그와 동등한 힘을 얻고 궁극적으로 자신의 생명을 유지하는 지혜롭고 대담한 존재로 거듭나는 입사식을 마친다.

그러니 연못에 빠져 죽은 콩쥐는 입사식을 통해 제의적 죽음을 경험한 존재가 된다. 이곳과 저곳의 경계를 넘나드는 존재이다. 하백과 해모수가 그러했듯이 꽃이나 구슬 등 다른 형상으로 자신을 변형할 수 있는 존재이다. 보잘것없는 존재로 생을 마감하지 않고 감사의 부인이 되어 안락한 삶을 누리는 존재가 된 것이다.

심청이 입사식을 마치고 이전과 다른 존재로 거듭났다는 사실을 표현하기 위해 황제와 결혼하여 황후가 되었다고 이야기하는 것과 마찬가지 맥락이다. 그래서 신데렐라도 왕자와 결혼하게 된다. 그래서 춘향도 정실부인이 된다. 그래서 홍길동도 율도국의 왕이 된다.

입사식 구조로 〈콩쥐팥쥐전〉을 다시 보면 우리는 콩쥐가 그저 착한 심성을 가졌기에 하늘이 도와 감사의 부인으로 잘살게 되었다는 이야기의 이면에 담긴 의미를 파악하게 된다. 많은 서사문학이 궁극적으로 신화의 장르적 관습을 따르는 일정한 구조를 반복하고 있다는 사실을 통해 서사 구조의 일반적 특성을 발견하게 된다. 또한 많은 서사문학이 전달하고자 하는 인간 본성의 욕망-그것이 부귀영화로 간략하게 드러나는 것이든 개인의 개별적 비전을 성취하는 것이든-이 어떤 의미를 담고 있는 것인지를 찾아보게 된다.

세상은 결코 만만한 곳이 아니어서 콩쥐나 심청이나 신데렐라처럼 마냥 착하게만 산다고 하여 하늘의 보상이 저절로 따르지 않는다. 오히려 착하고 선한 사람은 다양한 방식으로 이용당하고 착취당하다가 철저하게 버려지는 것이 이 땅의 현실이다. 그럼에도 서사문학은 고소설의 시대까지 줄곧 권선징악과 행복한 결말을 반복하여 이야기한다. 그것은 여전히 신화의 구조가 그러하기 때문이다.

인간은 누구나 개인에게 주어진 다양한 상황의 입사식을 훌륭하게 수행하고 이전과 다른 존재로 한 걸음 더 나아가는 의미 있는 실체이기 때문이다. 낡은 질서를 버리고 갱신되어 마땅한 지나간 대지를 박차고 올라 새로운 세계의 질서를 받아들여 새로운 존재로 거듭나 세상을 새롭게 변화시키는 신성성을 내재한 존재가 인간 본연의 모습이기 때문이다.

그러니 이제 착한 주인공처럼만 보이던 콩쥐, 심청, 홍길동, 춘향, 홍부, 나무꾼, 오누이 등을 마냥 착하게만 보던 시각을 거두자. 그리고 인간 안에 감추어진 더 큰 존재에 눈을 뜨자. 문학을 통해 인식의 새로운 지평을 열어보는 일은 우리를 한 단계 더 나아가게 할 것이다.

### 생각해볼 문제

**1.** 팥쥐에 대한 처절한 응징은 민중이 공유한 공통의 원한이 반영된 것일 수 있다. 다른 사람에게 악행을 일삼는 자, 입사식의 진행에 방해가 되는 자, 사람의 온전한 발전과 정당한 의지를 막아서는 자들을 '악'으로 규정하고 그에 대해 응징하고자 했던 조상들의 정의감에 대해 생각해보자.

**2.** 어쨌든 착한 사람은 복을 받고 악한 사람은 벌을 받는다는 권선징악의 주제는 여전히 유효한 도덕적 가치일 수 있다. 사회의 건강한 발전과 회복을 위해서 우리가 꾸준히 유지해야 할 도덕적 가치는 무엇일지 생각해보자.

# 맺음말

원래 하고자 했던 말의 극히 일부밖에 하지 못했다는 아쉬움이 늘 남는다. 문학은 그런 것인지 모른다. 신화와 전기와 소설과 설화를 공유했던 인간 집단은 늘 그런 아쉬움에 목말랐을 것이다. 이것 말고 더 다른 이야기, 이것 말고 더 놀라운 결과를 기대하고 얻고 싶은 간절함에 더 다양한 이야기를 만들고 누리고 전하고 공유했을 것이다. 그러니 우리는 더 많은 문학작품에 관심을 가지고 그들이 전하는 목소리에 더 세밀하게 귀를 기울여야 한다.

하나의 문학을 다양한 관점으로 읽고 해석하여 세상을 보는 눈을 확장하자는 취지에서 시작한 글이었다. 그런데 입사식이라는 하나의 렌즈로만 문학을 들여다보아 오히려 편협한 시각만 제공한 것은 아닐까 불안한 마음도 있다. 부디 편협함이 아닌 생각하지 못했던 새로운 시각 하나를 더 제공한 것이라는 유익이 있으면 좋겠다. 그것을 통해 다른 작품을 더 폭넓게 보는 힘이 길러지면 좋겠다.

문학을 단순히 시험문제를 풀기 위한 지문의 하나로만 인식하거나, 해석이 필요한 난해한 단락으로만 인식하는 수준에서 벗어나 더 큰 자유를 맛볼 수 있다면 좋겠다.

신화든 소설이든 모든 이야기는 결국 인간이 만든 것이다. 인간이 만든 이야기를 통해 인간을 더 잘 이해하고 조금 더 깊이 알아가는 계기가 된다면 좋겠다. 그러면 우리 사는 세상을 조금이나마 더 잘 이해하려고 노력하는 바람직한 인간 공동체로 발전하지 않을까.

신화를 비롯한 문학의 놀라운 세계를 맛보게 해준 모든 선생님께 감사한다. 특히 신화의 세계를 새롭게 보는 시각을 주신 민긍기 선생님께 감사한다. 이 글의 대부분은 많은 선학들의 학문적 열정에 편승하여 구성된 것이다. 이 글에 공이 있다면 모두 그 선생님들의 은덕이고 오류가 있다면 온전히 내 불찰과 무지 때문이다. 열악한 출판 시장의 상황에서 먼저 원고 작성을 제안하고 출판까지 함께 해준 팬덤북스 박세현 대표님께 감사한다. 죽으면 유언장과 책만 남는다는 그분의 말씀은 늘 나를 일깨워 주었다.

부귀영화와는 거리가 먼 인생을 마치 입사식에 실패한 바보 사위처럼 사는 동안 한결같은 인내와 사랑으로 안아주고 일으켜 준 우리 '기은 홈스쿨'의 사랑하는 한서정, 한서영, 한서웅, 한서화, 한서진에게 감사한다. 자녀의 은혜를 기억하고 보답하는 바람직한 부모로 살아가도록 최선을 다해보겠다. 끝으로 언제나 내 안의 신성성에 눈뜨도록 돕는 나만의 하느님, 사랑하는 아내 송은실에게 감사와 사랑을 전한다. 이 책이 미처 준비하지 못했던 결혼 30주년 기념일 선물이 되기를.

2024년 입춘을 바라보며

저자 한기호 드림

미주

1 알아듣도록 잘 타일러 말하되
2 '아버지'의 높임말
3 왕이 대장에게 권력을 준다는 징표로 내리는 도장
4 삼천 가지 불효 가운데 자식을 못 낳아 대가 끊기는 것이 가장 큰 불효라
5 중국 전설에 나오는 신선들이 먹는다는 복숭아.
6 태상노군은 노자老子이고, 후토부인은 땅의 여신.
7 효도로 효도를 상하게 함. 곧 효도한다는 것이 불효가 되는 것.
8 금, 은, 옥으로 만든 달 모양의 노리개.
9 두 손을 들어 깊이 절을 하는 예.
10 낙포는 낙수洛水로, 낙수의 여신인 복비宓妃. 전설에 복희씨伏羲氏의 딸 복비가 낙수를 건너다 물에 빠져 죽어 신선이 되었다 한다.
11 삼천 년에 한 번 열리는 신선의 복숭아, 선도仙桃.
12 달나라에 있다는 궁전.
13 중국 고대 신농씨神農氏 때 신선.
14 학의 소리가 높은 것은 목이 긴 탓이라.
15 형장을 맞아 죽는 것.
16 무덤을 옮겨 다시 장사 지낼 때 염을 다시 하는 것.
17 적송자는 옛말에 나오는 신선 이름. 장자방이 항상 그리워한 신선이다.
18 참배.
19 어떤 집에 드나들며 사는 종.
20 어두운 밤이라 아무도 알지 못함.
21 술과 여자와 노름에 빠지는 것.
22 부당한 값으로 억지로 물건을 사고팔려는 것.
23 무덤을 옮겨 다시 장사를 지내는 것.
24 대나무를 쪼개어 둥글게 결어 만든 테.

# 10대라면 반드시 알아야 할 우리 고전 문학

**초판 1쇄 인쇄** 2024년 3월 25일
**초판 1쇄 발행** 2024년 3월 30일

**지은이** 한기호

**펴낸이** 박세현
**펴낸곳** 팬덤북스

**기획 편집** 곽병완
**디자인** 김민주
**마케팅** 전창열
**SNS 홍보** 신현아

**주소** (우)14557 경기도 부천시 조마루로 385번길 92 부천테크노밸리유1센터 1110호

**전화** 070-8821-4312 | **팩스** 02-6008-4318
**이메일** fandombooks@naver.com
**블로그** http://blog.naver.com/fandombooks

**출판등록** 2009년 7월 9일(제386-251002009000081호)

**ISBN** 979-11-6169-288-3 03810